奇怪ね

あおきゆか

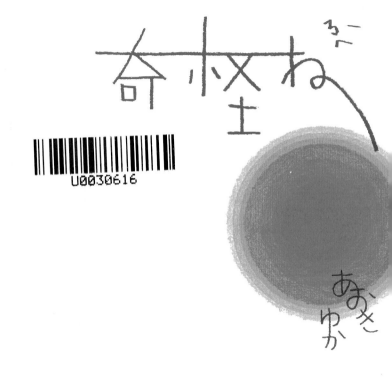

推薦序

陳柔縉 《台灣西方文明初體驗》作者

看此書之前，先敬告諸位讀者，小心著迷。對哈日抵抗力敏感又脆弱的更應該提高警覺。青木由香此人在書中放了迷藥——讓人著迷的圖藥和文字藥。

第一次看見青木，不到三分鐘，我就瞪大眼睛，覺得她酷斃了，很想跟她做朋友，想繼續跟她講話，搞清楚她腦子裡都裝些什麼。

那一天在師大的樓梯間，擠了一堆「異人」（古早日本人都這樣稱呼外國人，換我們給他稱回去），互為同學，七嘴八舌，緩慢往下走。突然，就有個人影抱著紙箱衝過去，又繼續要衝下樓去。有人把她叫住，向她介紹我，她笑得很幹練，沒一點澀意，聲音宏亮。請大家注意「宏亮」這兩個字，然後加上比你原先想像的三倍宏亮，就是青木笑聲的分貝。而且，她還是仰著頭、張大著嘴笑，完全不像從出生就不吃肉的人。

那一刻，我腦海飄過第一條結論，青木實在不像日本女生……連日本人都不像，因為她不彎腰鞠躬，跟日本人只用嘴唇輕飄飄的說話也不一樣。

青木再度現身時，只有我和另一位朋友朱美陪著她在一個十來坪的房子裡，準備她的畫展。我又瞪大眼睛了，腦海飄過第二條結論，青木這個傢伙與眾不同，真是勇敢；在台灣無親無故的，來台灣兩年，竟然就開起畫展來了。

青木的跟人家不一樣，算起來是「家學淵源」。小時候跟媽媽出去逛街挑衣服，媽媽的口頭禪就是「不要跟人家一樣，除非這件是你喜歡的！」在唯恐與人不同的日本社會，青木媽媽恐怕屬於反動派，青木是反動派小孩。反動派的小孩不一定不乖；當高中同學拚命留長髮讓老師傷腦筋時，青木因為不想跟人一樣，剪了個清湯掛麵的頭，意外變成規矩的好學生。

奇怪ね

序

因為腳底按摩舒服，就決定跑到台灣來住；住沒兩年，就發誓以後生小孩，絕對要讓他們在台灣長大，好呼吸自由的空氣；不穿裙子；每天變換髮型……「不喜歡跟人家一樣」，幾乎就是青木的生命基因。那不同於「喜歡跟人家不一樣」，既非矯作搞怪，所以不會尖銳得叫人頭痛。相反的，她有清楚的自我，機警的不去隨波逐流，知道自己，並勇敢做自己。

因為不喜歡跟人一樣，青木也老歪著頭，用不同的角度看台灣。台灣人每年一團一團拚命往日本灌，日本玩多了，日本人看多了，對日本人品頭論足的文章更是滿山谷，卻不太知道日本人怎麼看我們。青木創作的這本「台灣人觀察報告」，基本上有點扭回這種失衡。而圖文並茂，則像一面迷人的大鏡子。讀這本書，很像站在鏡子前，台灣人從頭到腳，無一不入鏡，然後，發現鏡中既陌生又熟悉的自己，相信很少台灣人能夠不莞爾一笑。

青木畢業於盛名的東京多摩美術大學，畫畫、設計，也攝影。今年她在台灣的攝影照片，被小說雜誌社相中，專屬搭配知名的小說家角田光代的新作品。我想這是「不一樣的青木」加上「我們可愛的台灣」，所散發的光芒。
這本《奇怪ね——一個日本女生眼中的台灣》，我也持相同的看法，是再一次「不一樣的青木」加上「我們可愛的台灣」的出擊，一樣光芒難擋。

忝為把青木「嫁」給出版社的媒婆，我以驕傲的心情，敬邀大家來欣賞青木在書中洋溢的才華和機趣。

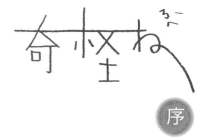

譯序

黃碧君

因緣際會認識了Yuka（由香的日文發音）。
她和我之前認識的日本人很不同（沒上過班，一直做soho，有過許多豐富生活體驗的女生）。
嗓門有點大（因為她講話頗激動，很漫畫人物）。
肢體語言很生動，音調起伏大到有點誇張（果然是月亮獅子，很愛演，不會放過任何機會）。
她會在中午坐滿人的電梯裡自在地用日語交談，和典型日本人的拘謹無聲相距甚遠。因為骨子裡這樣的個性，讓她愛上台灣的自由隨性吧！

喜愛旅行的她，也用相機來記錄她眼中的世界。
美術大學畢業，從各種生活體驗中，Yuka培養了屬於她自己的感性和直覺，這本書正是她在台灣親身體驗的文化觀察。第一次踏上台灣就愛上了台灣，先在腳底按摩的店裡打了半年的工後，開始認真學中文，讓自己沈浸、深入台灣這個環境。

文章裡，她以幽默的方式和表達呈現台灣文化和日本文化不同的一面，不只是一個外國人對異文化現象的驚異，更有深入的追問和探究；或點出台灣人早已存在卻一直被忽略的面向、或展現她獨特的創意和發想。配上個性又生動的圖畫編排，創作了一本內容豐富多元的圖文書，讓我在讀這些文章時，不只引起共鳴，而且經常不覺莞爾、爆笑。

這是我第一次和作者面對面，一邊討論一起譯成中文，是個難得的經驗。我們常在咖啡廳裡一邊討論內容一邊爆笑，周圍的人一副「這兩個說著日文夾雜怪中文，看起來是日本人又不太像日本人的怪怪女生到底是？？？」的疑惑表情。我在心裡OS，「是啊，我們剛好是兩個怪怪台日水瓶女！」。工作可以如此樂在其中是件幸福的事。相信大家也能從這本書中得到快樂！

自序

青木由香

我超愛臭臭的食物。
納豆和魚露（namplaa）還有超臭的乳酪和臭豆腐都是我的最愛。
怪怪的香味變成我的特殊癖好，漸漸擄獲我的心。

台灣有許多和日本很相似的地方，但是，也有許多無法理解的地方，乍看之下很相似，其實完全不同。台灣呢，基本上很「臭」。
本來我以為是臭豆腐的味道，但完全不是，怪怪的香味不斷撲鼻而來。我只能充分地去品嘗這些味道，因此，我在台灣住了下來。

台灣人的「臭」（我指的不是真正的臭味，而是「讓人感覺怪怪的」），說好聽一點是親切又勇氣十足，說得不好聽一點是雞婆又隨隨便便。
聽不出來是在讚美還是在貶低，就如書裡所寫的，台灣人完全不怕死（失敗）。

我時常把「台灣人很奇怪」掛在嘴邊。
每次一聽到我的這句台詞，「不怕死」的朋友，台灣人 1 號陳柔縉總是對我說：「青木，把這些寫下來！」

我的確一直很想把台灣人這些奇怪的地方介紹給日本人，事實上我也在日本的雜誌上寫一些關於台灣的事，但對於書寫這件事我還是個外行人。只有奇怪癖好的人才會叫我寫東西。但是，一個偶然的機會我在 1 號的家裡遇見一位編輯，「 不怕死 」2 號林明月是個更怪的人。看到我偶然拿去的工作檔案（ 日文 ），林明月（ 不懂日文 ）也對我說相同的話：「青木，把這些寫成書！」
託這二位「不怕死」的人之福，我於是捉住這個出版的機會。

說到我的台灣生活，我的優點是不寫那些「人家最喜歡台灣了嘛」這樣普通的事。這些事讓別人來做就好。我把「不怕死」當成一個切入的觀點試著來書寫台灣。

繼續 ↘

當然，我的中文程度還沒有那麼好，需要譯者黃碧君的協助。每次我把日文的原稿給她看時，都會小心地問：「台灣人看了會不會不高興？」她每次都回答：「沒問題。」當我正起疑，覺得這個女生好像也挺怪的，原來「不怕死」3 號出現了。
由於 3 號柔和的個性，於是我硬強迫她把我奇怪的中文用上去，原因是 1 號（陳柔縉）出的主意，她對我說：「青木的怪怪中文很有趣！」所以，不是我的錯。

在這樣的背景下寫出來的這本中日對照的書，有著很多奇怪的迂迴說法。因此，對於那些正在學外語的人，這本書變得完全派不上用場。在這裡先對各位說：「請不要拿這本書來學習日文」

除了翻譯之外，插圖、照片、設計都是我自己做的，因為全是第一次，讓我竭盡力心。
本書製作期間，我拒絕很多台灣朋友的邀約，也無法專心地學中文，讓老師失望了。甚至有一段時間很不安，「到底我是為了什麼而來到台灣？每天關在家裡，不是會錯過認識許多奇怪台灣人的機會嗎！」
從日本帶來的筆記型電腦，工作量已明顯超過它的負荷，而且要使用中文，遇到了不少的麻煩。多謝 Mac 店 apple man 的馬克和宜儒數度的幫忙。
還有經常回答我的中文疑問的楊靜衛、張心昱，幫我校正日文的川上留美。還沒看到內容就爽快答應讓我使用她們結婚照片的 Ann 和 Toy。拜託友人「快傳送日本廁所照片給我！」並立即回應我的要求的日本友人久保田紀子。給我機會的 1 號陳柔縉和 2 號林明月，布克文化的其他人。翻譯的 3 號黃碧君。
支持我的日本朋友、台灣的朋友，我太太太太太感謝大家了！
這本書終於能夠順利出版。久違的朋友們，大家再一起玩樂吧！

呼，今後終於又能夠背著相機到處觀察台灣了！
哇啊啊啊啊。
累爆了。
散場。

私は、臭い食べ物が大好きだ。
納豆もナンプラーも最高に臭いチーズも臭豆腐も大大大好きだ。
怪しい香りは癖になり、どんどん私を虜にしてしまう。

台湾は、日本に近く似ているところがたくさんある。だけど、理解不能なところもあって、一見似ているのに全然違う。台湾は、臭うのだ。
臭豆腐のせいかと思ったが、そうではなくて、怪しい香りがプンプンする。コレはもう、たっぷり味わうしかない。そして私は、台湾に住むようになった。
台湾人は、臭い上に（本当のニオイではなく、「怪しい感じのする」と言う意味ととっていただきたい。）よく言えば、親切で勇気がある。悪く言えばおせっかいで、いい加減だ。
誉めているのか、けなしているのか分からなくなって来たが、この本にも書いたとおり、台湾人は死（失敗）なんて全然恐くないのだ。

私は、よく「台湾人は変だ」と口にする。
私からその台詞を聞くたびに、知人の「不怕死《ブパースー》」（死を恐れない）な台湾人１号・陳柔縉は「青木、それを書け！」と言っていた。
確かに私は、台湾の変さを日本に伝えたいとずっと思っていたが、（実際に日本の雑誌でも台湾の事を少し書かせてもらっていた）書く方は全くの素人だ。私に何かを書かせようなんていうのは、物好きしかいない。しかし、１号の家で偶然会った編集者の「不怕死《ブパースー》」２号・林明月は、もっと物好きだった。私がたまたま持っていた仕事のファイル（日本語）を見て、林明月（日本語分からない）は、同じ言葉を口にした。「青木、本に書け！」。
この「不怕死《ブパースー》」な二人の御陰で、私は出版のチャンスを掴んだ。

さて、私の台湾生活を書く上で、「台湾だ〜いスキッ♡」なんて普通に語らないのが私のいいところだ。そんなのは、どっかの誰かがやればいい。ココは、私も「不怕死《ブパースー》」に自分の切り口で台湾を書こうと思った。
当然、私の中国語能力はまだまだで、翻訳の黄碧君の助けが必要だった。私は、彼女に日本語原稿を見せる度に、「台湾人が気を悪くしないか？」と尋ねたが、返事はいつも「没問題」と言われていた。なんだか、この女も怪しい。これが、「不怕死《ブパースー》」３号の登場だった。
３号の柔和な性格をいいことに、私は、私の変な中国語を文中に使えとしつこく迫ったが、これは１号（陳柔縉）が私に「青木の変な中国語は面白い！」と入れ知恵したからだ。よって、私は悪くない。

こんな風して出来た、この日中二カ国語の本は、文中砕けた言い回しが非常に多い。だから、それぞれの国の言葉を勉強中の皆さんには、全く役に立たない物になってしまった。間違ってもこれで勉強しないようにと、一言添えておきたい。

翻訳以外にも、イラスト、写真、デザインをやらせてもらったが、初めての事だらけで、結構くたびれた。
この本の製作期間中、台湾の友達からの誘いを何度も断ったり、中国語の勉強も身が入らず、先生も失望させた。一体何の為に台湾に来ているのだろう？毎日家に籠っていたら、多くのおかしな台湾人を見逃してしまうじゃないか！とイライラした時期もあった。
日本から持って来た私のノートパソコンでは、明らかに仕事の許容量を超えていて、中国語を扱うということでもトラブルが多発した。Mac 店、appleman のマークさん、イルーさんには何度も助けてもらった。
その他にも、中国語の質問に答えてくれた楊静衛さん、張心昱さん。日本語校正を手伝ってくれた川上留美さん。文章の内容も知らずに、結婚式の写真を使う事を快く許可してくれた Ann と Toy。「日本のトイレの写真を送れ！」と言う急な依頼に対応してくれた日本の友人、久保田紀子さん。チャンスをくれた１号の陳柔縉と２号林明月、布克文化の皆さん。３号で翻訳の黄碧君。応援してくれた日本の友達、台湾の友達、みんなに大大大大大感謝！とにかく無事出版に漕ぎ着けた。ご無沙汰していた皆さん、みんなまた遊んで下さい。

さぁ、これからカメラぶら下げて、また台湾を観察するぞぉーーー！わぁぁぁぁぁぁぁぁぁぁぁぁぁっ。

奇怪ね

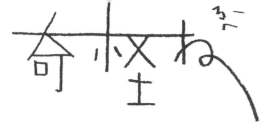

もくじ
目次

恐怖電影的開始。

ホラーの始まり。

台湾の夏

台灣的夏天

taiwan no natsu

俳句一首　一句詠む

↓台灣的電風扇　雖按「弱風」　依然很**強**

Japanese short poem　台湾の「弱」でも強い　扇風機

summer

各式春茶出爐
芒果荔枝的季節到了
雖然怕蟲怕得要死
但食物太美味了
我不要死

春茶も出そろいました
マンゴーもライチも
出て来ました
ムシが恐くて死にそうですか、
食べ物がおいしいので
死にません

T

aipei
台北
下了大雨後

takusan
たくさん雨が
降ったあと

I

dadui
一大堆蟲蟲湧出

ippai
いっぱいムシが
湧いて来て

A

h—
啊
超熱艷陽天

atui
あつくて天気で
晴れた日は

P

paipai
拍拍蟲蟲
翅膀掉一地

penpen
ペンペン
はらうと
羽がとれ

I

ii
咦！
變成爬蟲逃走

imomushi
いも虫になって
行っちゃった

茶《おちゃ》

喝的↓　ノム

←聞的　嗅グ

mango

Lychee

E

ei.........
ㄟ？嚇死人!!

eeee....
え～びっくり

5 May

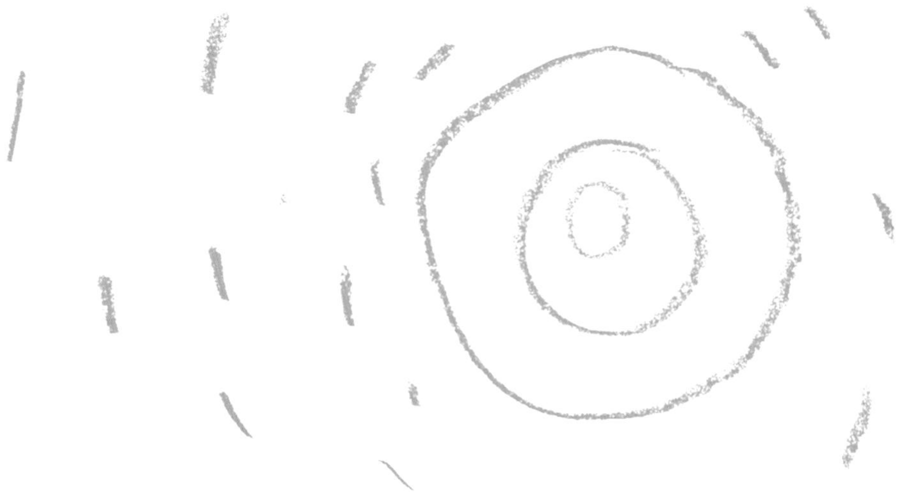

台北的夏天，是我生活中恐怖電影的開始。
因為我超討厭蟲蟲，不，應該說基本上我只和人類打交道。
人以外的生物，即使是貓、狗，我從來不認為牠們很可愛。
反正，就是害怕蟲蟲到不行。
不小心被貓、狗舔到，也只敢在心中大喊：「不要舔我啦！」
不但說不出話，連趕走牠們的勇氣都沒有。

因為太恐怖、太害怕，壽命都縮短了。

這樣的我，每到這個時期，就開始認真的考慮要回日本。
恐怖的五、六、七月。
突然ㄙㄚ——地下起傾盆大雨，然後馬上停止。
接著太陽出現，溫度急劇上升，晚上開始變得很恐怖。
蟲蟲大軍湧入，超多的。

7 July

夏のはじまりの、台北の身近なホラー。
私は虫が死ぬ程嫌いで、というか、基本的に人間以外は全部パスで
生まれてこのかた、犬や猫をかわいいと思った事は一度もない。
どちらかと言えば、恐くて仕方ないと思っている。
嘗められたりすると、「嘗めないでェ～」と心に念じる。
声にも出せないし、払いのける勇気もない。

だって恐い。寿命が縮む。

そんな私は、この時期が始まると真剣に日本帰国を考える。
魔の五、六、七月。
突然ザーッと雨が振り、そして、すぐに止む。
その後、急に日が照って温度が上がると、
夜が恐ろしいことになる。
虫が湧く、大量に。

6 Jun

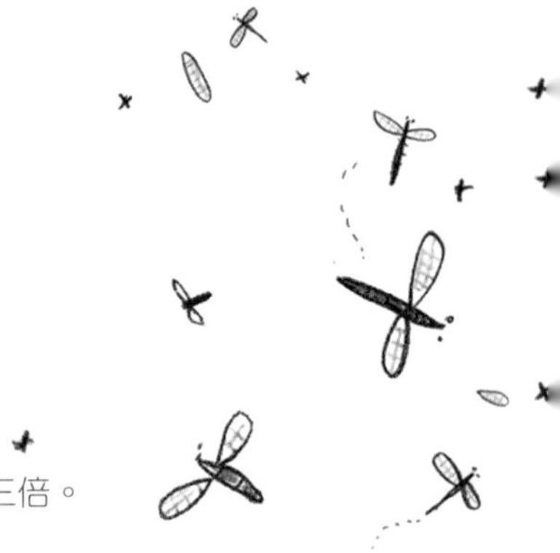

這裡的飛蟻真的超大，超大，隨便一隻都比日本的大三倍。
尤其身體根本不不不不像螞蟻。

就算紗窗完全關上，房間的電燈旁不知不覺的還是擠了一大堆。
因為大到不尋常，擠成一堆的樣子又更可怕了。
紗窗上還貼著一群一群努力想擠進房間的飛蟻，
哇，太恐怖太恐怖太恐怖太恐怖了！
我趕不走蟲，反而被蟲趕走。
逃到外面，蟲蟲群聚在商店的電燈下，好像一座小山。

實在恐怖死了，但是夏天的水果實在很好吃。
所以撐著別死。

コッチの羽蟻のでかい事、でかい事。
日本の三倍は軽くある。
しかも、胴体がアリじゃねぇぇぇぇぇ。

網戸をシッカリ閉めても、いつの間にか部屋の電気に群がるし、
大きさが尋常じゃないから、群がる姿がまた恐い。
網戸にもたぁっくさ〜ん張り付いて、入室のチャンスをうかがってる。
もう、恐くて恐くて恐くて恐くて……。
私は虫を追い払えず、私が虫に部屋を追い出される。
外に逃げれば、虫はお店の電気の下に山のように群がってる。

恐くて死にそうだけど、夏は果物がおいしい。
だから頑張って死なない。

1 下雨
↓
2 氣溫上升
↓
3 蟲湧現
↓
4 鼓起勇氣
↓
5 揮動雜誌趕走敵人
↓
6 一揮，翅膀就掉了
↓
7 變成爬蟲在地上蠕動
↓
8 抓狂
↓
9 很想死
↓
10 吃芒果
↓
11 重生
↓
＊ 回到 1

1 雨が降る
↓
2 気温が上がる
↓
3 虫が湧く
↓
4 勇気を振り絞る
↓
5 雑誌を使って敵をはらう
↓
6 ハラリと簡単に羽がとれ
↓
7 クニクニ動くイモ虫になる
↓
8 ワタシ発狂
↓
9 死にそう
↓
10 マンゴー食べる
↓
11 生き返る
↓
＊ 1に戻る

恐怖的循環

123456789101112←←←←←←←←

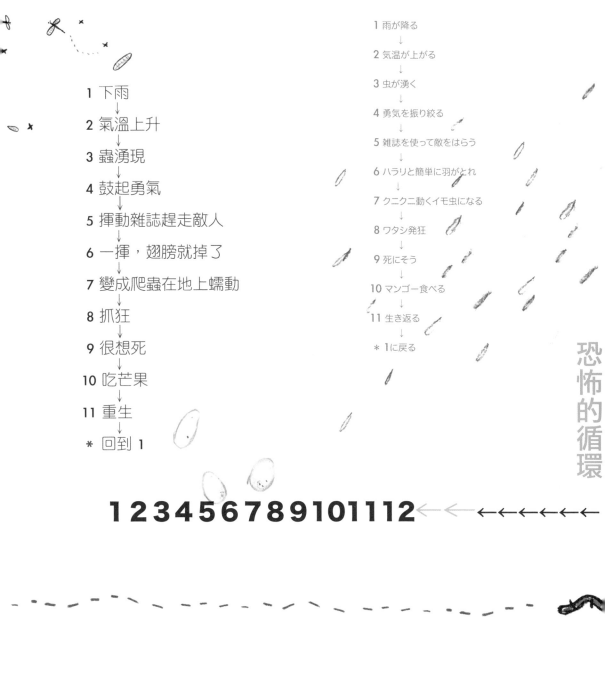

在黑暗的各處浮現的……

闇の中にポツリと浮かび上がる....

暁闇のショッピングロード

破暁的 shopping road

~暁闇のショッピングロード~ 破暁的shopping★road

~破曉的shopping road~

黎明的散步中發現的奇妙空間
冬天早晨五點左右　天色開始變白之前
在黑暗的各處浮現的小市場
客人　老人限定
商品　生鮮限定

老人和生鮮的肉
老人和新鮮的魚
老人和新鮮的蔬果
進行靈魂的交換儀式
老人們為了吸取剛採收的生命之氣而來

「玩具恰恰恰」（註）轉啊轉
光看白天的樣子實在很難想像　老人竟能如此敏捷

毛被拔光的裸雞
説著：「哎喲~討厭啦~任憑你處置啦♡」
露出又白又有彈性的膚色　很有光澤
頭垂著
身體朝上
毫無反抗地
橫躺著

夜晚和早晨的對照
生肉和老人的對照
令人目不轉睛的奇異世界
只持續數個小時的
破曉的shopping road

（註）日本著名的童謠：半夜的玩具，突然有了生命，掩人耳目大肆玩耍的歌。

~暁闇のショッピングロード~

明け方の散歩で発見した奇妙な空間
冬の朝5時頃　まだ夜が白み始める前
闇の中にポツリと浮かび上がる小さな市場
お客さんは　老人限定
商品は　ナマ限定

老人とナマ肉が
老人と新鮮な魚が
老人とフレッシュ野菜が
魂の交換の儀式を行う
穫れたての生命に吸い寄せられ　老人がやってくる

「おもちゃのチャチャチャ」（注）がぐるぐる回る
昼間からは想像着かない年寄りの動き

毛をむしられた裸の鶏が
「いや~ん、どうにでもしてぇ~」と言っている
スッポンポンの肌色が　艶かしく
首うなだれ
仰向けに
無抵抗に
横たわる

朝と夜のコントラスト
ナマ肉と老人のコントラスト
新鮮と熟成のコントラスト
目が釘付けになる奇妙な世界
数時間だけの暁闇のショッピングロード

（注）日本の童謡：夜中おもちゃに命が宿り、人目を忍んで遊ぶという歌。

我最喜歡早晚的公園和運動操場。

朝晩の公園や運動場が大好きだ。

野外運動風景

戶外運動風景

戸外運動風景

我最喜歡早晚的公園和運動操場

朝晩の公園や運動場が大好き

因為這裡有

だってここには

有這麼多空間卻要擠在公共廁所前，以很近的距離打著羽毛球的二個老人；

場所は幾らでもあるのに公衆便所の前に場所を構え、至近距離でバトミントンをする老人二人

還有

や

每天晚上都在固定的時間，穿著西裝拿著皮製的公事包，在學校的操場上倒著出現，在跑道上倒著走，倒著轉圈，倒著消失的上班族；

毎晩決まった時間に、スーツ姿で革の鞄を持ち、後ろ歩きで学校のグランドに登場し、後ろ歩きのままトラックに入り、後ろ歩きでトラックをグルグル回り、後ろ歩きで退場していくサラリーマン

或是

や

不是氣功也不是瑜珈也不是太極拳，而做著不可思議扭動身體的「水母體操」(我取的名稱)軍團；

気功でもヨガでも太極拳でもない、不思議なクニャクニャの動きをする「クラゲ体操（仮名）」をする軍団

早安。

グットモーニング。
グットモーニング。

或是
や

在公園裡，面對著道路，不斷送著「氣」的團體；

公園で道路に向かって、ずっと気を送ってる集団

或是
や

一手拿著購物袋，穿著休閒高跟鞋在空地上繞著圈子，一看就知道是剛購物完的女孩；

買い物袋片手に、ミュール姿でグランドをグルグル歩く、明らかにショッピング帰りのギャル

或是
や

一邊親嘴一邊繞著空地散步的情侶；

チュウをしながらグランドをグルグル歩くカップル

或是
や

一邊吵嘴一邊繞著空地散步的情侶；

痴話げんかをしながらグランドをグルグル歩くカップル

或是
や

半夜裡，卻在跑步的三、四歲小孩；

夜中なのに走る三、四歳の子供

晚安。

グットイブニング。

或是

や

不理解馬拉松的真意，一開始就全力向前衝，跑一、二圈後，累得像狗一樣，吐著舌頭，幾分鐘後就回家去的人；

マラソンの仕方を理解しておらず、全力でバタバタと一、二周走ってヘトヘトになり、継続不可能で舌を出しながら数分で帰ってしまう人

或是

や

中正紀念堂的國家音樂廳的玻璃上，映著穿著緊身的衣服，性感地扭動著身體陶醉地跳著（一看就知道是自己編的）艷舞的歐巴桑。

中正紀念堂の国家音楽廳のガラスに姿を映して、全身ぴったりとした服を着て、ウットリしながら腰をクネらせ、セクシーダンス（明らかに自作）を踊るおばさん。

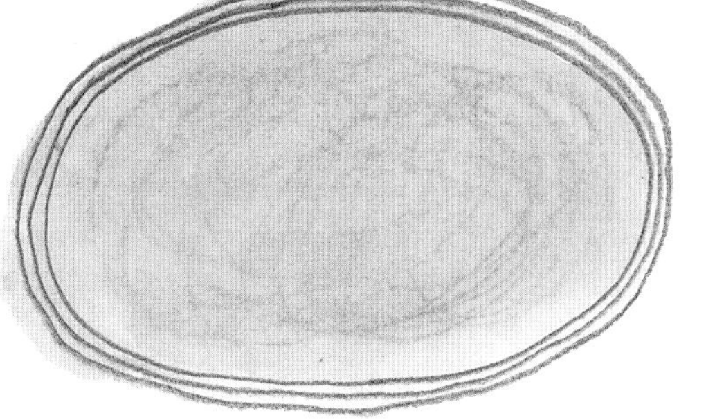

etc.，像山一樣多的人們。

等が、山のように居るから。

「每個人都多關心生活環境，把台北變成一個外來的人也會愛上的台北吧！」

「一人一人が環境に関心を持って、よその人にも永く愛される台北にしよう！」

空気と水

空氣和水

このままでは、私は台北に長く住み続ける着ことは出来ない。
ここでの生活は、ストレスも少なく楽しい。
台湾は大好きだ。
だけど、空気と水が悪すぎる。
ちょっと長く路を歩くと肺が痛くなり、顔が汚れる。
みんな鼻毛が飛び出ている。いい男でも飛び出てる。
ここの人は、空気が悪い事を知ってるのに、
あまり真剣に考えていない。

空気と水

空氣和水

再這樣下去我無法在台北長住下去了。
我很喜歡這裡的生活，壓力少、很快樂。
我很喜歡台灣。
但是，這裡的空氣和水實在太糟了。
只要走久一點的路，肺就會痛，臉也會變髒。
大家的鼻毛都長到鼻子外面，連很帥的男人也一樣。
這裡的人雖然知道空氣不好，
卻很少認真地去思考。

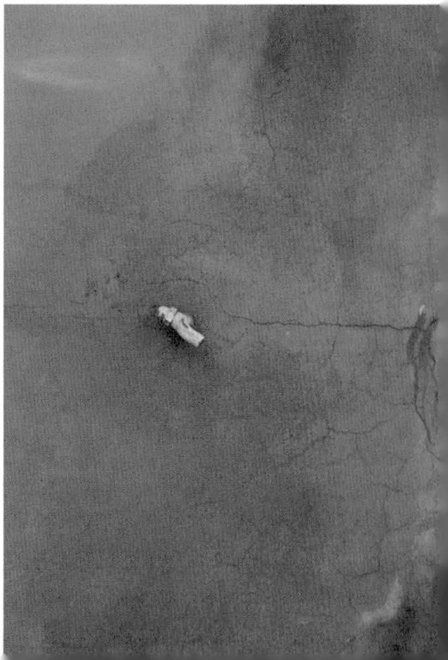

啊，又說錯了。重來一次。
「每個人都多關心生活環境，
把台北變成一個外來的人也會愛上的台北吧！」
你真的能愛這樣的台北嗎？
愛這裡露出黃黃的牙齒和鼻毛的人嗎？

啊，我又說錯話了？

私は言いたい。
「すごい早さで伸びる鼻毛の理由を考えた事はないの？」
いや、違う。言い間違えた。もう一度。
「汚れた環境に危機を感じたことはないの？」

水だって最悪だ。ちょっと、水道局の人！この前正月の時、長く休むからって、いつもの四倍入れたでしょ、漂白剤！相当臭ったよ。私の嗅覚は鋭いんだ！絶対、いつもの四倍入ってたよ。だから、台北は水道管が錆るのがすごく早いんだ。

以前、台北で建物の改装現場を通りすぎた時、目の前で廃材の山から水道管が崩れ落ち、大きな金属音ともに古ぼけた水道管の中から、赤茶の錆がザーッと出てきた。恐ろしい傾向だった。
実際、水道管から茶色く濁った水が出てくる事がある。すごく錆臭い。かなり古い建物でも、日本ではここまで水道管が痛むことは無いから、水道水の塩素にやられてるんじゃないかと思う。

台北に来てから歯が黄色くなったと言う外国人は多い。お茶飲み過ぎとかじゃなく、最近は水の錆びと疑っている。こんな水と空気のせいで台北に住む人は、にっこり笑うと歯が黄色くて鼻毛が出てしまう。

これでいいのか台北人！私は心配しているんです。
「台湾にいたら、嫁に行けなくなるんじゃないか。」
あ、また間違えた。もう一度。
「一人一人が環境に関心を持って、よその人にも永く愛される台北にしよう！」
だって、あなたは愛せますか？
鼻毛の出た、黄ばんだ歯の笑顔の人間を。
また、間違えてる？

我很想說：
「你們有沒有想過鼻毛長那麼快的原因？」
不，不對。
說錯了，再來一次。
「難道你們對於污穢的環境沒有危機感嗎？」

連水質也超級惡劣。
喂，水公司的人！
農曆過年時，雖然放了長假，也不能一下就放入四倍的漂白水吧！真的很臭勒。
我的嗅覺很敏銳！我敢說絕對比平常多了四倍。
所以，台北的水管很容易就生鏽。

有一次在台北經過改建的工地時，眼前像小山一樣的廢材中，水管崩落下來，
伴隨著巨大的金屬聲，老舊的水管裡還流出ㄙㄚ——茶紅色的鏽來。真是超恐怖的景象。
事實上，我家的水龍頭也曾流出茶色混濁的水來，還伴隨一股嚴重的鏽味。
在日本，即使是很古老的建築物，水管也沒有這麼嚴重的腐鏽問題，
我想台北的水管被水裡的鹽酸給腐蝕了吧。
有很多外國人都說，來到台北後牙齒變黃了。
不是因為喝了太多的茶，最近，我開始懷疑是因為水鏽的問題。
因為這樣的水和空氣，住在台北的人，微笑時通常會露出黃黃的牙齒和鼻毛。

這樣真的好嗎？台北人！
我很替你們擔心。
「如果一直住在台灣，我可能會嫁不出去吧。」

一聽到垃圾車的音樂，我心想：「大家為什麼不一起跳個舞？」

ゴミの音楽を聴くと「みんな踊ればいいのに」と私は思う。

垃圾嘉年華《ゴミ出しカーニバル》

垃圾嘉年華《ゴミ出しカーニバル》

踊れ！台湾人！

跳吧！台灣人！

↑
垃圾車
ゴミ車

聽到音樂聲，大家就拿著垃圾到集合地點倒垃圾。
這真是難得的機會，大家一起跳個舞吧！
大家在街上狂舞，街頭變成 dance town。

我建議，可以隨著垃圾回收的內容改變音樂。
例如，可回收垃圾為古典樂；
一般垃圾為演歌；
不可燃垃圾為拉丁音樂。
每個月換曲子，每個地方也可以有不同的曲目。
阿公阿媽提著廚餘踏著舞步，只有數十秒的舞台。
一年可以舉辦二次地區競賽來驗收日常的成果。
服裝規定必須是回收再利用的。
比賽是一場嘉年華。
市政府還可以編列預算，請雲門舞集當特別來賓，發表廚餘垃圾舞。
獎品是一年份的台北市專用垃圾袋。
不但是一項好的運動，倒垃圾也會變得很快樂。
而且，可以變成像巴西里約的嘉年華一樣有名。

一聽到垃圾車的音樂，我心想：「大家為什麼不一起跳個舞？」
跳吧！台灣人。

音楽を合図に、みんながゴミを持って集まる台北のゴミ収集。せっかくだから、みんな踊ればいい。
隣近所が踊り狂い、街はダンスタウンと化す。

例えば、ゴミの収集内容によって音楽を変えてみる。
再生ゴミはクラシック。一般ゴミは演歌。不燃ゴミはラテン。
毎月曲を換えたり、地域によって曲目が違ってもいい。
ジジババが生ゴミ下げてステップを踏む、わずか十数秒のステージ。
年に二回ぐらい、地域対抗のコンテストがあって日頃の成果を競い合う。
衣装は、不要品のリサイクル。コンテストは、お祭りだ。
市が予算を付けて、特別ゲストの雲門舞集が生ゴミ舞踏を披露する。賞品は台北市専用ゴミ袋一年分。
いい運動になるし、ゴミ出しも楽しくなる。その上、リオのカーニバルのように名物になる。

ゴミの音楽を聴くと「みんな踊ればいいのに」と私は思う。
踊れ！台湾人。

♪

Ga~
Bu~

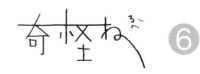

寶島風光

フォルモサの景色

寶島風光《たからじまのけしき》

Scenery of Treasure Island

Taiwan
Ga
嗝
MAKE ME HAPPY

我原本就喜歡聽別人的屁音。
正因為是從屁股發出來的奇怪聲音，特別好玩。
可惜在日本很少有機會聽到別人的屁音。
但是在台灣聽得到一堆屁音，這讓我很痛快。
在公園和別人一起運動的時候，可以聽到很多屁音。

もともとオナラを聞くのが好きだ。
お尻から、変な音がでるからおもしろい。
人のオナラを聞くチャンスはそう滅多にないから残念だ。
だけど台湾では、たくさん聞けるからとてもウレシイ。
公園でやってる運動に混ぜてもらうとたくさん聞ける。

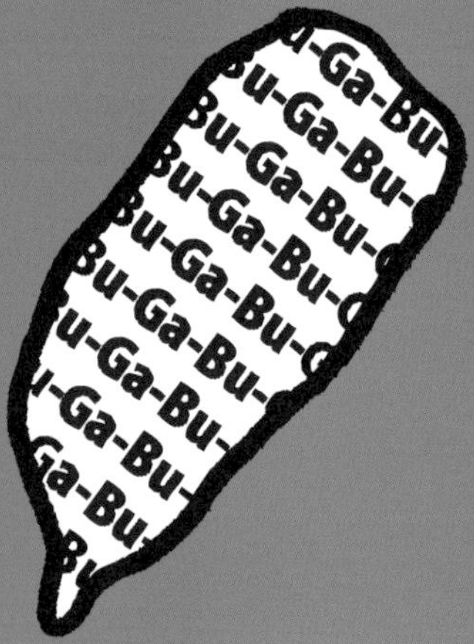

壓肚子的姿勢或是用力的動作，好像在吹人體喇叭

pu 啊，很好玩！

走在街上的時候，
不認識的人會忽然在我面前 bu

周圍的朋友也會突然地 pi 裝傻……

這都是我的笑點，讓我心情真好。
不過，若是臭屁的話，就有點辛苦。
覺得在台灣放屁、打嗝都 OK，
放屁可以鼓勵，打嗝就免了吧！
因為嗝音不好玩。

おなかを圧迫するようなポーズや
力を入れるような動きはラッパが鳴る。
プー　ああ、おもしろい。
町を歩いていても、突然目の前で
ブー　知り合いも、知らん顔して
ピー　たくさん笑えていい気分。

でも、臭いのはちょっと辛い。
台湾は、オナラもゲップもオッケーみたい。
オナラは応援するけど、ゲップは遠慮しておきます。
だってゲップの音は、つまんない。

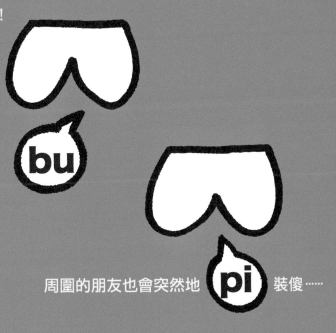

所以我常常去喝這種「綠色的果汁」。

私はよくミドリのジュースを飲みに行く。

奇怪ね 7

健康食品店
けんこうしょくひんてん

healthy food shop

健《けん》康《こう》食《しょく》品《ひん》店《てん》

俯視

うえから見る

BARLEY GLASS

SPIRULINA

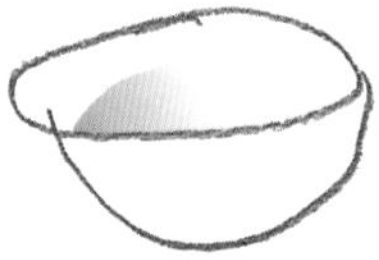

FLAX SEED OIL

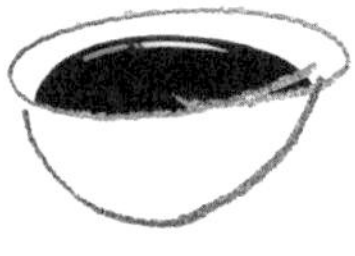

MOLASSES

green power

わたしキレイ~?

我美嗎？

台北的有機食品店裡，有個招牌的綠色果汁「精力湯」。
在台灣很少有機會吃到沒有油的蔬菜，所以我常常去喝這種「綠色的果汁」。
精力湯的顏色看起來是很綠的生蔬菜汁，但並不特別苦，
裡面加了很多有機的水果和蔬菜，非常美味。
我時常捧場的店，他的精力湯除了水果和蔬菜外，還加了螺旋藍綠藻粉（spirulina）、
糖蜜（molasses）、亞麻子油（flax seed oil）和大麥苗粉（barley grass）等「精力湯四商品」。
一杯 100 元。

台北の有機食材の店には、決まってミドリのジュース（精力湯）が有る。
台湾は、油を使わないで野菜を食べるチャンスが少ないので、
私はよくミドリのジュースを飲みに行く。
見た目は青汁みたいだけど、別に苦くないし、
有機の果物と野菜がたくさん入っていてとっても美味。
よく行くお店のジュースは、スピルリナの粉末とモラセスと亜麻子油と
大麦若葉の粉末の「精力４点セット」に、果物と野菜が入っている。
一杯１００元。

開動

ㄉㄨㄞㄉㄨㄞ彈跳的椅子

start → ① いただきまーす。 ② ボインボインするイスです。

第一次喝的那天，身體有點不適，才喝不到一半，突然眼睛就啪地變亮，精力全開。台灣菜太油膩，如果胃感覺消化不良的話，一喝下精力湯，馬上神清氣爽。這是我個人的心理作用？那麼，也請其他的日本人來喝喝看。

首先，嘗試的是我父母。
「嗯，好像很健康」、「精神似乎變好了」。
店裡椅子的背墊，很有彈性。父親靠在椅背上ㄉㄨㄞㄉㄨㄞ地彈起。
精神變好的父親對母親說：「你也試看看，感覺很不錯喔！」

另一個是長得很像猴子，剃光頭的三十歲日本女性。
「這個，真的很健康ㄋ！」她說。
似乎很合她的意，甚至想買「精力湯四商品」來試試。
一介紹彈力椅背，她也ㄉㄨㄞㄉㄨㄞ地試了起來。

healthy drink

後來還帶了二位對我很照顧的年長友人去光顧。
果然也是喝了之後，元氣百倍、ㄉㄨㄞㄉㄨㄞ地試了起來。

想起有趣的繞口令——

精力湯 喝了 幸福 ㄉㄨㄞ ㄉㄨㄞ

但是，在店裡無法放肆地ㄉㄨㄞㄉㄨㄞ跳。

啾啾。

③ ちゅうちゅう。

咕嚕咕嚕。

④ ごくごく。

healthy drink

哇～喝光了。

わぁーん ⑤
おわっちゃった。

但是沒關係。

⑥
でもだいじょうぶ。

初めて飲んだその日は、特に身体が弱っていたんだけど
半分飲み終わらないうちに目がブァ～っと開いて、元気が漲った。
台湾の料理は脂っこすぎて、胃がもたれるときがあるけど、
これを飲めばスッキリする。
これは、私の思い過ごしかしら？
それじゃぁ、日本から来た人にも飲んでもらいましょう。

まず、ウチのお父さんとお母さん。
「うん、良いかも」「元気になったような気がする」との事。
店の椅子は、背もたれに弾力があります。
お父さんは、元気になって「お母さんもやってごらん。」と言って、
椅子の背もたれに身体を弾ませ、ずっとボインボインしてました。

日本からやって来た猿にそっくりな、坊主の30代の女性。
「これ、なんか良いですね」といいました。
「精力４点セット」を買おうか、迷っていた程気に入ったよう。
椅子の背もたれも紹介すると、彼女もボインボインやってました。

最後にお世話になっている年上のお友達二人。
やっぱり、飲んで元気でボインボインとやってました。

ここで一句　　精力湯 飲んで ハッピー ボインボイン

だけど、のんきにボインボインしていられないのです。

healthy drink

加入白開水再來一次。

⑦ お水を入れてもう1回。

ふぅーっ。⑧ きれいにのんだ。

呼～喝得真乾淨。

因為有個自稱是美女的老闆娘！

１老闆娘真心推薦的料理有「動物園」的味道。
２定食的沙拉，連點了三次，只有我的漏了加香蕉。
３請老闆娘介紹菜單時，老闆娘顯得有點不耐煩，擅自替我們決定「聽我的準沒錯」。
４老闆娘每次都會上演老王賣瓜戲碼——
我會這麼年輕貌美就是靠這「精力湯四商品」（2000 元）。
５除此之外，老闆娘常說：「我已經四十五歲了，別人常說我看起來只有三十幾歲！」
或是「你為什麼看起來這麼年輕美麗呢」，
或是「看不出來你有個唸大學的兒子了」每次必說。
６老闆娘心情好時，總是會捏捏我揮手時搖晃的「蝴蝶袖」。
７買「精力湯四商品」時，我其實不是想減肥，
但老闆娘每次都會說「吃了會變瘦喔」或是「妳一定會感謝我的」。

「精力湯四商品」的確有它的營養價值，讓我排便順暢。
老闆娘不是個壞人，我也認為這樣的老闆娘很幸福。
只是，這樣的老闆娘有點令人困擾。
「精力湯四商品」並沒有讓老闆娘美到讓人想買的程度，
所以我不擔心她強迫推銷。

我對自己這麼說，是為了健康才繼續喝精力湯。
如果太過在意它的功效，最後反而不知道對健康是好是壞。
我至今依然為了健康常去光顧這家店。

我如果變得和妳一樣美的話會很困擾，所以我不想買「精力湯四商品」。
有一天我很想這麼跟她說。

店には、自称美人で若いおばさんがいる！

1おばさんが、真剣な眼差しで薦めてくれるある料理は、動物園の味がする。
2定食のサラダに三回連続でわたしのだけバナナを入れ忘れた。
3おばさんは、メニューの説明を頼むと、面倒くさがって
「私の事を聞け」と勝手に料理を決めてしまう。
4おばさんは、わたしがこんなに若くて奇麗なのはこの「精力４点セット」
（2000元）のお陰だと芝居掛かった演技で毎回聞かせる。
5その上おばさんは、
「わたしは、もう四十五なのに良く三十過ぎにしか見えないと言われる」 とか
「どうしてそんなに奇麗なんだと言われる」とか
「大学生の息子がいるようには見えないと言われる」とか、毎回聞かせる。
6おばさんは、機嫌が良いとわたしのグッバイぶるぶる（二の腕）を揉む。
7精力４点セットを買うとき。
私は痩せたくて買うんじゃないのに、
おばさんは「痩せるわよ」とか「あなた絶対わたしに感謝するわよ」とか言う。

確かに、精力４点セットは価値があるものだ。
私の便秘もとっても調子がいい。
おばさんは悪い人じゃない。
そんなおばさんは幸せだと思う。
ただ、おばさんはすこし困った人種なのだ。
買いたくなっちゃう程おばさんは若くて奇麗って感じじゃないから
わたしは押し売りを心配していない。

こんな事を自分に言い聞かせながら、健康の為にミドリのジュースを飲む。
気を使い過ぎて本当に身体にいい事してるのか自分でも分らなくなるが、
今日も私は、その店に健康の為に通う。

「わたしあなたみたいに奇麗になっちゃうと困るから、精力四点セットは買わないわ。」
と、いつか言ってやりたい。

⑨ お会計。

買單。

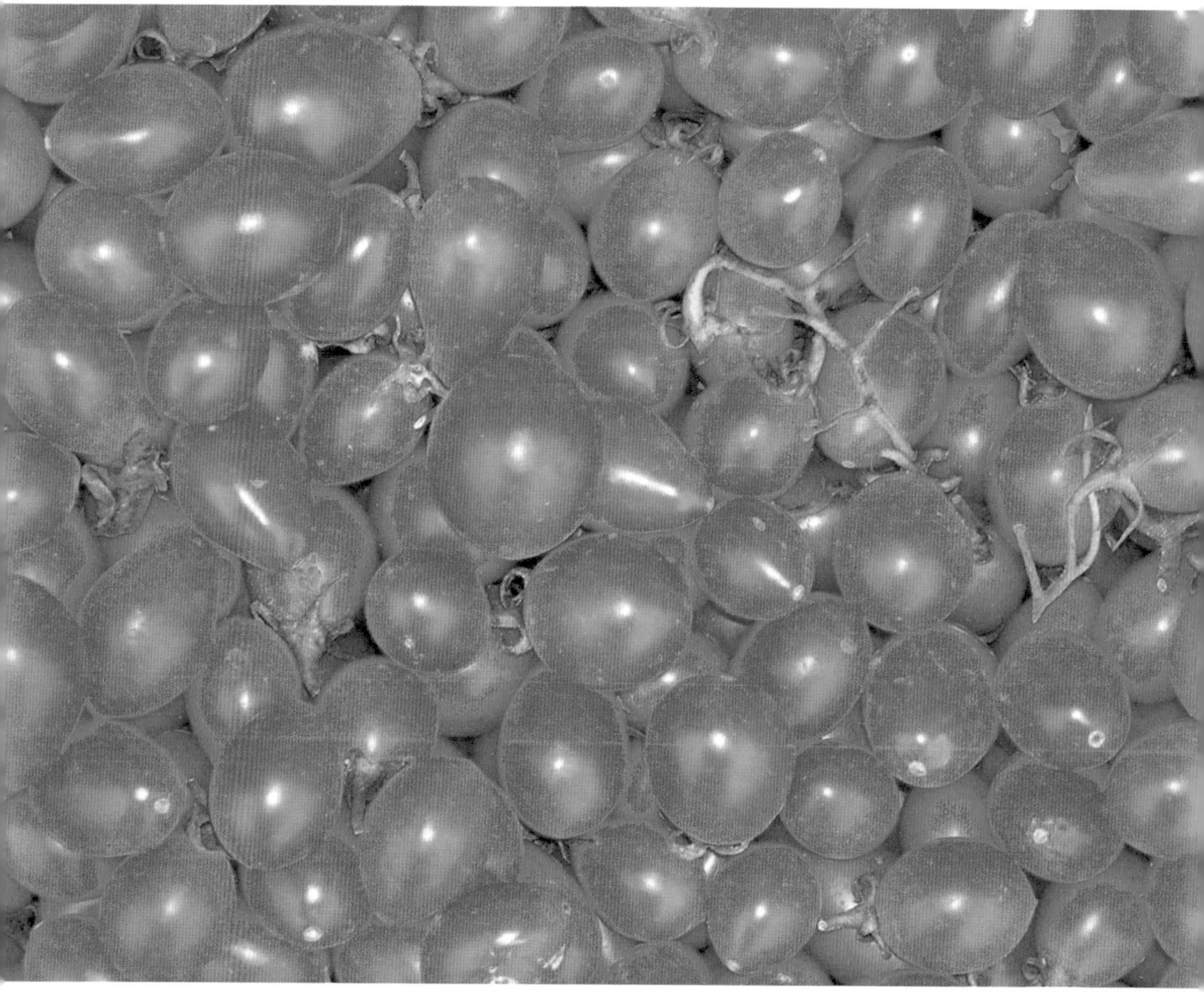

我整理台北義大利麵店的混沌情況。

台北のパスタのカオス整理する。

パスタ警察

義大利麵警察

PASTA POLICE★

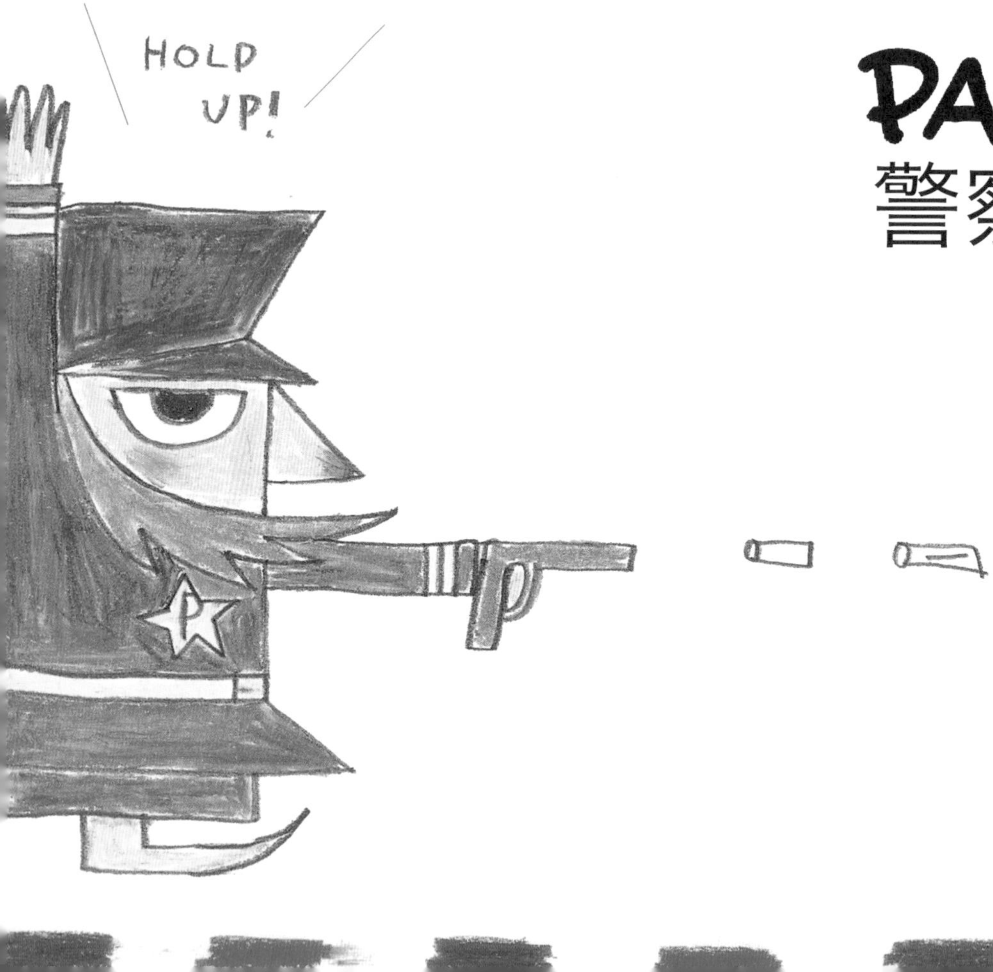

PASTA
警察

我是台北的義大利麵警察★我的使命是整理台北義大利麵店的混沌情況★

私は台北パスタ警察。

台北のパスタのカオス整理する、それが私の指名。

1 uno

使用中式食材的話，一律「關店」。

2 due

不知道「彈牙」(Al dente) 意思的人，關監牢。不知道這個字的義大利麵餐廳，判「重刑」。

3 tre

對食材超小氣的人，「手銬」伺候。

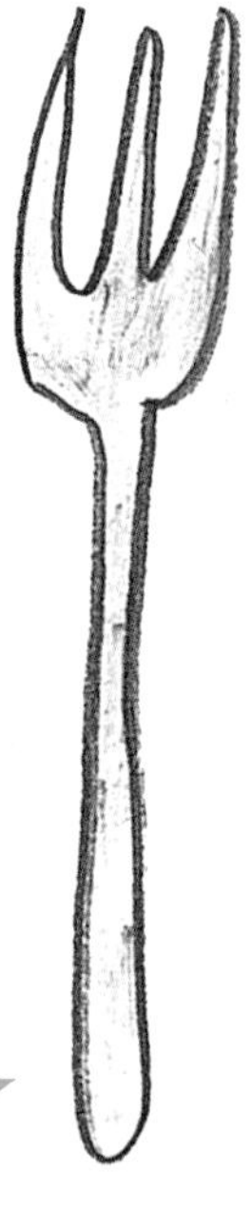

PASTA POLICE★

不能用豆芽菜，也不能用竹筍，甜不辣也不行，木耳也不行，為了讓醬汁濃稠而使用太白粉，更是絕～對不行。

彈牙的意思，就是把麵煮到有嚼勁，麵芯還留有彈牙口感的煮麵方法。義大利文的意思是「有口感嚼勁」。一定要用 100% 的 durum（硬質小麥）和 semolina（粗粒小麥粉）做成的義大利麵才行，不能魚目混珠。如果用川燙過的油麵，立刻出局。但是，卻有很多人犯這種罪。因為這些麵調理時間很短，麵完全沒有嚼勁，粗細也不同，且顏色是黃的，一目瞭然。這些都逃不過義大利麵警察的尖銳眼睛！

青醬（genovese）不使用羅勒（basilico）而用台灣的九層塔（台灣料理中常用來炒蛤仔的香草）也不行。
奶味的白醬，不用動物性鮮奶油，而用牛奶和奶粉代替的也不行。如果用這種方式做的話，就銬上手銬，再把鑰匙丟到水溝裡，讓你不能用！

以上的店，請盡速把招牌改成「台式義大利麵」！這樣的話就能免除「麵罪」。在日本，這種奇怪的店，通常外觀也很奇怪，但在台灣卻相反，髒髒的店面，料理反而好吃，讓外國人根本無法分辨。

1 中華食材を使ってたら、「閉店」。
もやしも駄目、タケノコも駄目、さつま揚げも駄目、キクラゲも駄目、ソースにとろみをつける為に、片栗粉使っちゃゼ～ッタイに駄目。

2 アルデンテを知らない店は、「重罪」。この言葉を知らないイタ飯屋は、投獄。
アルデンテ（Al dente）とは、麵に針の先ほどの芯を残してゆでる、ゆで方。イタリア語で「歯ごたえの有る」の意味。デュラムセモリナ粉 100%じゃない麵をパスタのふりして使っても駄目。調理済みの油麵を湯通しするだけで出すのは、もっての他。しかし、犯行のほとんどがこの手口。調理時間がやけに早いし、麵に腰は無いし、太さも変、色も黄色いから一目瞭然。パスタ警察はすべてお見通しよ！

3 食材を激しくケチったら、「手錠」。
ジェノベーゼが、バジリコじゃなくって、台湾のバジル（良く台湾料理に使ってある、蛤と炒めたりする香草）で作っちゃ駄目。
クリーム味に動物性の生クリームを使わずに、牛乳や粉ミルクをつかったら、駄目。そんな物を作る手は、使えないように手錠かけて、その鍵ドブに捨ててやる！

以上の店は、看板に「台湾式イタリア麵」とサッサと書き換える事！
そしたら、麵罪は免罪。
日本なら怪しい物を出す店は、外観からして怪しいけど、台湾は汚い店が美味かったりするから、外国人には区別がつきにくい。

如果想像和真實的味道相差太遠，感覺很糟吧！想要吃紅豆餡卻吃到咖哩，會嚇一跳吧？人生中要吃多少次飯，今後還剩多少次？一想到這裡，就不能再接受這種失敗。我已經沒有時間了。

我是個為了品嘗比利時鬆餅和比利時啤酒而飛到比利時去的女人；花一個月從義大利南部邊走邊吃到北部的女人；即使吃壞肚子也要坐飛機到泰國去吃小吃比較味道的女人，甚至怨恨是誰規定一天只能吃三餐的女人。我是個以胃袋的形狀到處走動的女人。早上一起床立刻開始想今天要吃什麼。此外，在日本駕訓班，做是否適合開車的測驗時，對於「你是否十分在意別人的小錯誤，且一定要提出糾正」的問題，回答「Yes」的女人，聽說好幾年只會有一、二個人得到「此人要注意，不適合開車」的結果。

在法國有法國可頌警察。（註：真的有）在義大利有義大利比薩警察。（註：真的有）我呢，是台北的義大利麵警察。負責整理台北義大利麵的混沌情況。

PASTA POLICE★

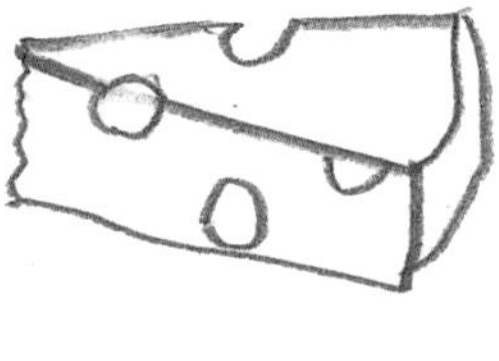

だって思っていた物と口にした物が激しく違ったら、嫌でしょ？あんこ食べたつもりがカレーだったらビックリするでしょ？人生のうちにご飯を食べれる回数は、後何回？そう考えたら、オチオチ食事の失敗はしてられないの。私には、時間がないのよ。

私は、ベルギーワッフルとベルギービールを飲むためだけに本場ベルギーに出かける女。イタリアを南から北まで一ヶ月かけて食べ歩いた女。私は、腹を壊しても飛行機に乗るギリギリまでタイの屋台の味比べをする女。一日の食事は三回って、誰が決めたのと恨む女。胃袋が人間の形をして歩いているような女。朝起きた瞬間から、今日は何を食べるか考えている女。そして、日本の自動車学校の運転適性検査で「人の揚げ足を取らないと気が済まない」という問いに「Yes」と答え、検査結果が数年に一人、二人しか出ない「要注意人物、運転不適正」と出た女。

フランスには、フランスのクロワッサン警察。（注：本当にアリ）本場イタリアには、イタリアのピザ警察。（注：本当にアリ）そして私が、台北パスタ警察。
私は、台北のパスタのカオスを整理する。

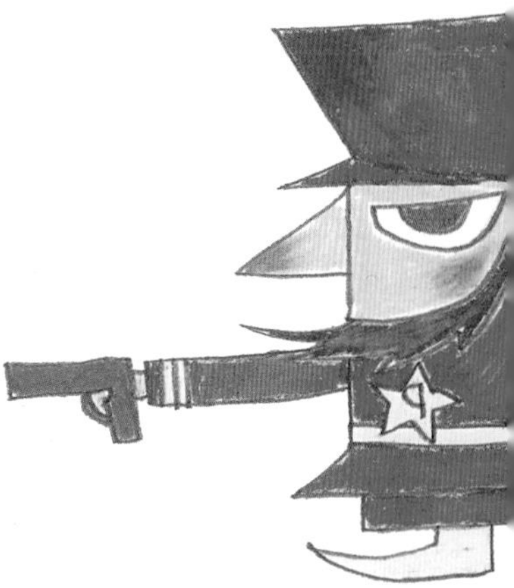

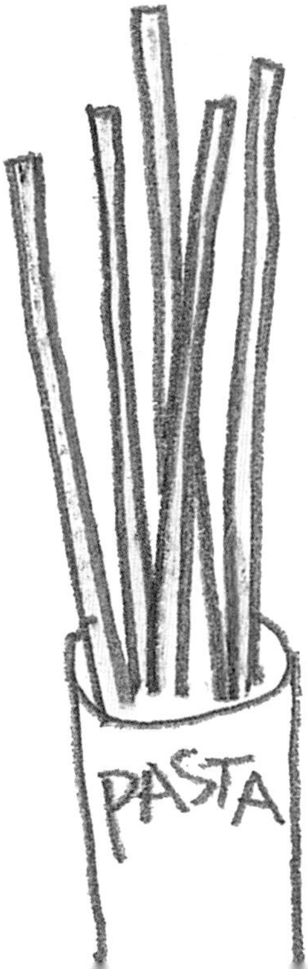

★或許會被台灣人說，抱怨這麼多的話，為什麼不乾脆回日本去呢，真是討人厭。
但是，在台式義大利麵裡發現真正的義大利麵時，實在令人格外的開心！

★文句言うなら、サッサと日本に帰れと言われそうだけど、やなこった。
台湾式イタリア麺の中に、本物を見つけた時の喜びは格別だ！

日本人啊，請到台灣來！

日本人達よ、台湾へおいでなさい。

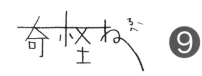

推薦台灣製日式商品

とっておきのお土産

推薦台湾製日式商品

☜台湾の国袋

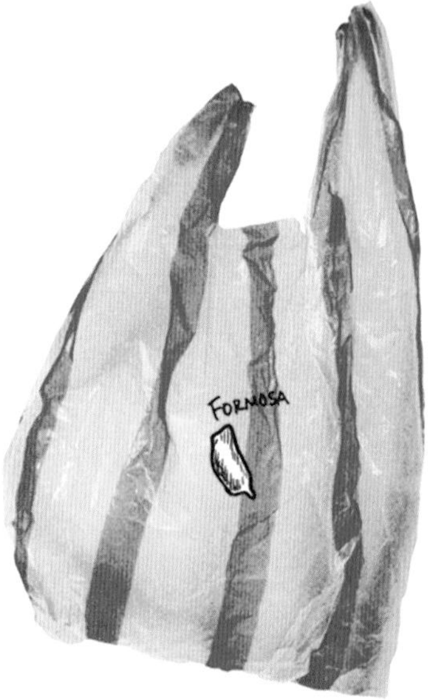

日本人たちよ。
もしも人生辛いなら、台湾へおいでなさい。
こんなにも多くの日本語が街中に溢れ、私たちに笑顔をもたらす素敵な島、台湾へ。

日本人啊，
如果覺得人生苦悶，請到台灣來。
歡迎來到這個街道充滿了日文，為我們帶來歡笑的超優之島，台灣。

日本的朋友來到台灣時，我會帶他們到超市去買這些商品，跟他們說：「買到手軟全部帶回日本去吧！」不久後，鳳梨酥和台灣茶這些人氣商品的寶座，將會被這些商品擠下去。如果有裡面都放這些怪怪日文商品的店，絕對會被日本人擠到爆的。雖然這麼説，其實自己的中文也很怪。還笑你們，真不好意思。

日本の友達は、台湾に来るとスーパーでこの手の商品を「手が引きちぎれるほど買ってかえるぞ！」と言って買いあさっていく。パイナップルケーキも台湾茶も、この手の商品に人気土産の地位を奪われる日は近い。店内、すべて変な日本語の商品の店を作ったら、絶対大人気間違いなし。と言いつつ、自分の中国語も相当変。笑ってごめんなさい。

❶

とっておきのお土産

♪指

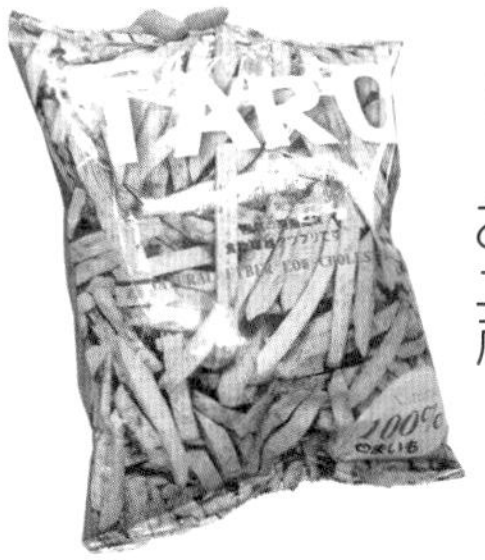

❷

とっておきのお土産

❶ 「のりスケット」（海苔球拍？餅乾？）和「のりラッカー」（海苔噴漆？薄餅？）

日文用字省略的方式錯誤。比起餅乾和薄餅，更容易讓人聯想起火箭或是噴漆的奇怪商品名。

「のりラッカー」應該是「海苔的噴漆」的意思。但是，這種噴漆應該派不上用場吧。

「のりスケット」──日文裡沒有這個字吧，應該是要寫「のりビスケット」。

❷ 「TARO」（芋餅）

包裝上寫著「外には香ばしぃチョコレートながには人をさそぃンむバニラフレーバー」

（外面包著香濃巧克力，裡面是誘人的香草味），平假名和片假名無意義的混在一起，只有「い」突然變得很小，是讓人感到困惑的混亂說明文字。但是，重要的是裡面的內容物，只不過是炸芋頭餅，完全沒有香草也沒有巧克力的蹤影。

❶「のりスケット」（海苔ラケット？ビスケット？）と「のりラッカー」（海苔スプレー？クラッカー？）

省略の仕方に失敗。ビスケットやクラッカーよりも、ラケットやラッカーを連想させる妙な商品名。「のりラッカー」は「海苔のスプレー」と言う意味になる。だけど、そんなスプレーあったって使い道がわからない。「のりスケット」という日本語も無く、正しくは「のりビスケット」書くべきだ。

❷「TARO」（芋けんぴ）

パッケージに「外には香ばしぃチョコレートながには人をさそぃンむバニラフレーバー」と書いてあるが、カタカナと平仮名が無意味に混ざり合い、「い」だけが突然小さくなってたりして逆に混乱を招く説明文。しかし重大論点は、その中身。ただの芋を揚げたお菓子であって、バニラもチョコも何処にも入ってない。

❸

とっておきの お土産

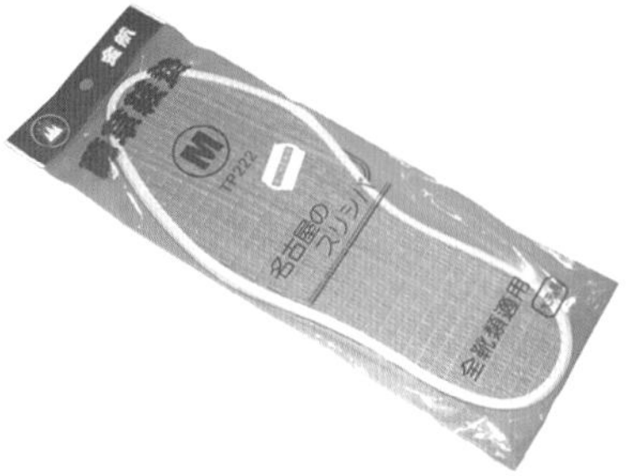

⌘ 相關資料

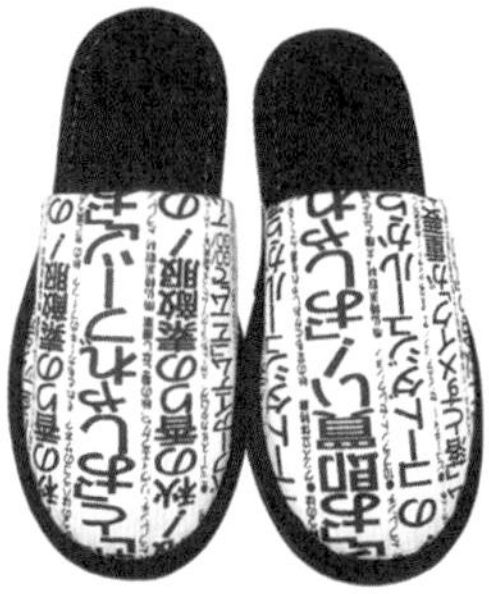

❸「名古屋のスリシパ」（名古屋拖鞋？）

應該是想寫「名古屋のスリッパ」吧！倒數第二個字「ッ」寫成「シ」，字的大小也不一樣。這種錯誤是常弄錯的怪日文，還是可以猜出真正的字義是什麼，一點也不令人驚訝，奇怪的是，商品真正的內容物是「鞋墊」，不是「拖鞋」，是完全不同的商品。而且擅自加上自己的想像，認為榻榻米是日本的重要文化，應該可以消除腳臭。再仔細一讀，「再度使ラニとがでさまず」（可以重複使用？？？）更是無法判讀的外太空語。

❸「名古屋のスリシパ」

「名古屋のスリッパ」と書きたかったのだろうが、後ろから２文字目の「ッ」を「シ」と間違え、文字のサイズも間違えている。ココまで違うと発音が全く別物になる。この手の間違いは、変な日本語の定番なので驚く事は無いが、この商品は正しくは「靴の中敷」であり、「スリッパ」ではない。その上、日本の文化･畳を勝手に臭い足の臭い消しにしている。そして、よく見ると注意書きの「再度使ラニとがでさまず」は、もう判読不可能で宇宙語だ。

⌘ 相關資料：這才是真正的拖鞋。上面印滿了從時尚雜誌剪下來的日文大小標題。雖然日語正確無誤，但實在太唐突，完全沒有意義。

⌘ 関連資料：コレが本当のスリッパ。ファッション雑誌の見出しから盗んだと思われる日本語でいっぱい。日本語は正しいが、あまりに唐突すぎて全然意味が分からない。

❹

とっておきのお土産

❺

とっておきのお土産

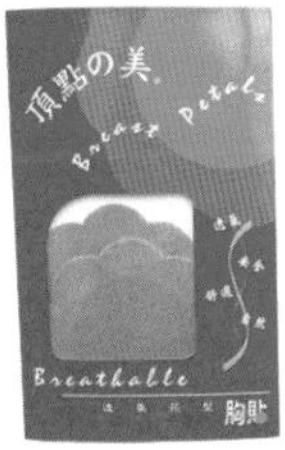

❹「焼きこんにゃく」（烤蒟蒻？）

一看商品的日文說明，是鋁箔袋裝的仙草粉。原來日本人誤以為燒仙草是蒟蒻的飲料。還有「プぅスチック」的字樣，但不知道是什麼意思，猜想是塑膠袋裝（プラスチック）的意思吧！
怎麼有點像是放屁的聲音。

❺「MODERN TOP48」

這個商品是「胸貼」。看到「あなたのプラジセーはしつくりと決まっていますか。」（你的プラジセー大小適合嗎？）的說明，還是無法理解「プラジセー」是什麼。很久以後才明白，原來是「胸罩」（ブラジャー），但是真正的商品其實是胸貼。直徑 48mm，幾乎是日本的二倍。想像台灣人的 size，真有點恐怖。

❹「焼きこんにゃく」
商品名の和訳をみたら、焼仙草を日本人はこんにゃくドリンクだと思ってしまう。そして「プぅスチック」とあるが、意味はよくわからない。なんだかオナラの音みたいだ。
❺「MODERN TOP48」
この商品は、ニプレスである。「あなたのプラジセーはしつくりと決まっていますか。」と言われても、「プラジセー」って一体なんだ。大分後で「ブラジャー」と判明したが、直径４８ mm とは、日本の軽く二倍はある。台湾人のサイズを想像してちょっと恐くなった。

哪一個比較可愛？

どっちが可愛いか？

台灣女孩與日本女孩

日本の女と台湾の女

日　台

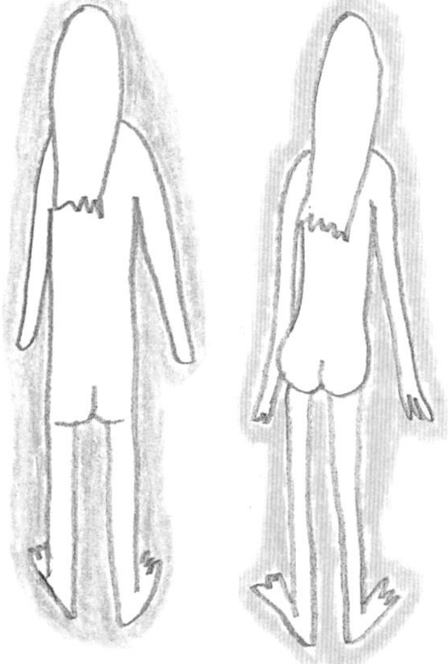

Q & A

那一個《どっちが》比較可愛《かわいいか》?

脫掉看看就知道了。

脱がせてみればすぐわかる。

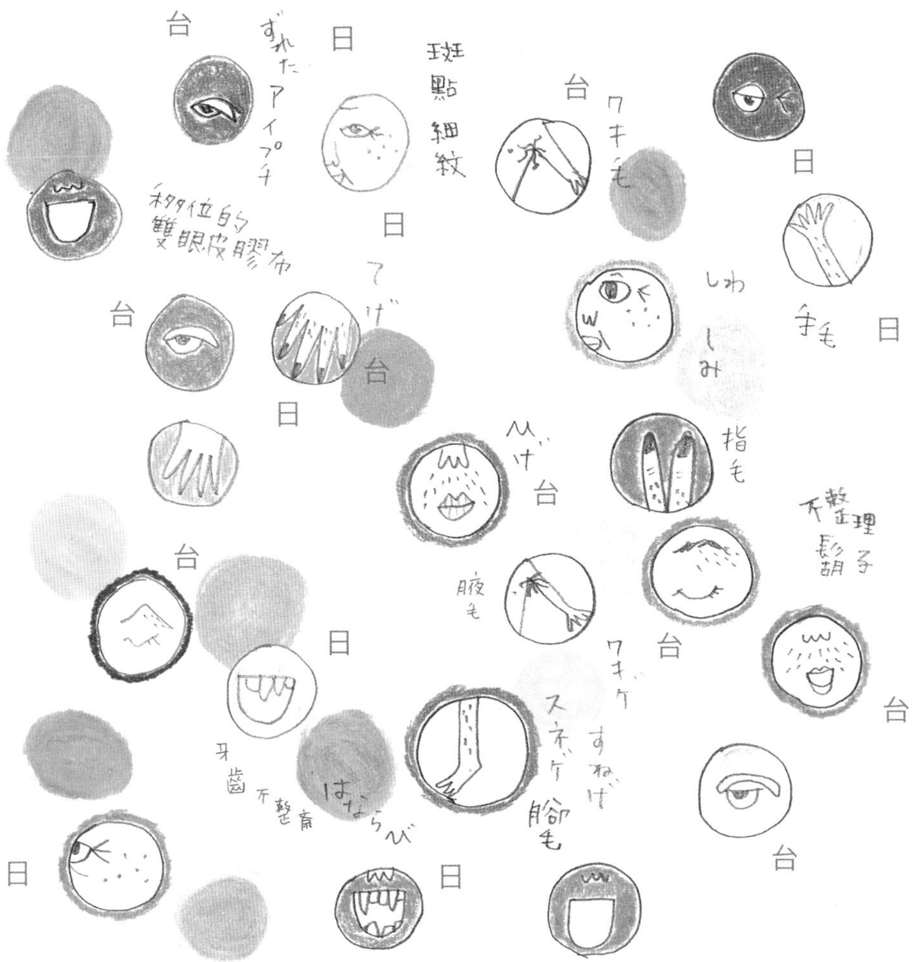

台灣人認為日本女孩比較瘦。

日本人認為台灣女孩比較瘦。

Q：哪一個才正確？

A：台灣人體型比較美。

日本人，即使瘦，但上半身長，腳有點彎，屁股下垂，手很短。短小卻拙得可愛。

原因：榻榻米跪坐文化的影響。所以比不上椅子文化的好體態。

台湾人は、日本の女の子の方が痩せていると思っており、

日本人は、台湾の女の子の方が痩せていると思っている。

Q：ドッチが正しいか？

A：台湾人の方が、スタイルがいい。

日本人は、例え痩せていても胴長。足が曲がってる。ケツが垂れてる。腕が短い。ちんちくりんだ。

理由：畳文化で正座生活の名残り。椅子文化で形成された台湾のスタイルには勝てない。

台灣人認為日本女孩的皮膚比較好。
日本人認為台灣女孩的皮膚比較好。
Q：哪一個才正確？
A：台灣人的皮膚比較好。有彈性，又有光澤。
日本人皮膚很白（因為化妝的關係），皮膚沒有光澤，斑點、細紋也多。

原因：台灣人時常用手直接啃咬帶骨的肉和雞爪，膠質攝取量充足。
和天氣也有關係，台灣潮濕，皮膚很少有乾燥的問題。

我周遭的幾位日本人認為日本人的臉比較細緻，台灣人的臉比較有趣。
Q：實際情況如何？
A：目前的觀察，日本人比較可愛。但是，最近台灣也有追上來的趨勢。

原因：台灣人健康，體態好，姿勢正確，看起來活力十足。
活潑，開朗常笑，個性好。沒有腳毛、手毛。但是，卻長鬍子。眉毛也稀疏雜亂。
日本人沒有這麼活潑，姿勢不良，感覺懶洋洋的。
和台灣人比起來面無表情。有腳毛，手毛，連手指都有毛。
但是，沒有鬍子。即使有，也會和眉毛一起整理，從頭頂到腳底都會很注意。

如此一來，雙方呈拉鋸戰。
剛來台灣的時候，覺得「台灣人的五官很怪。有點ㄙㄨㄥˊ」
但最近回日本時覺得「日本人完了」。
大家的髮型、化妝、穿著都一樣。饒了我吧！
真的是整齊劃一。

台灣最近化妝的人變多了，變得比較時髦。
台灣人如果加點油，總平均分數將會提高。
因為大家健康、活潑、體態美、姿勢佳、笑容又多。
剩下的就是把鬍子剃了。

（註）以上言論請把我排除在外。

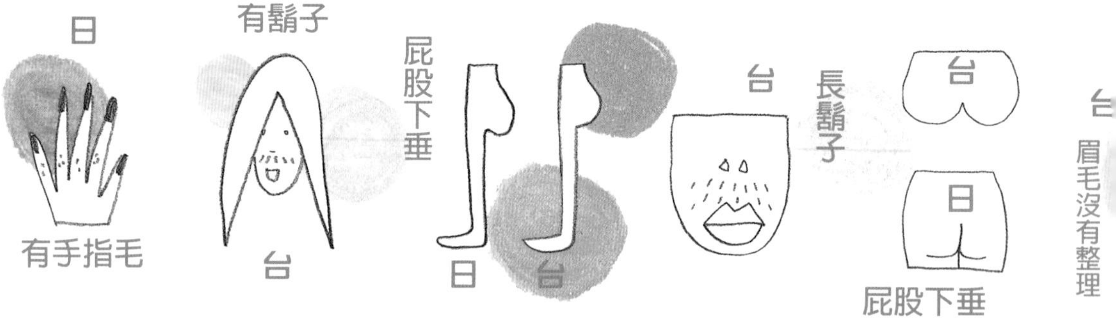

台湾人は、日本の女の子の方が肌がきれいだと思っており、
日本人は、台湾の女の子の方が肌がきれいだと思っている。
Q：どっちが正しいか？
答え：台湾人の方が、肌がきれいだ。張りがいい。艶がいい。
日本人は、肌は白い（化粧してるし）。張りがない。艶がない。シミしわが多い。

理由：台湾人は、骨付きの肉や鶏の足を手づかみで食らいついて、コラーゲンを摂取する。
その上、気候も関係し、おかげでお肌は乾燥知らず。

私とその周りの数人の日本人は、
日本人の方が顔立ちがいいと思っており、
台湾人は、おもしろい顔が多いと思っている。
Q：では実際はどうか？
答え：現時点では日本が可愛い。でも、最近は、台湾も頑張ってきている。

理由：台湾人の方が健康的でスタイルもよく、姿勢がいい。パワーがある。
溌剌としてるし、笑顔も性格もいい。スネゲ、ウデゲがない。が、ヒゲが生えてる。眉毛がボザボザ。
日本人は、溌剌としてない。姿勢が悪い。疲れた感じがある。
台湾人に比べて無表情。スネゲ、ウデゲに続いてユビゲまである。しかし、ヒゲはない。
あっても、眉毛と同時に処理してる。頭のてっぺんから足のつま先まで手入れがよく行き届いている。

こうなると 戦いは互角。
台湾に来たての頃、「台湾人は顔のデッサン狂ってる。ちょっとダサイ」
と思ってたけど、最近日本に帰ると「日本人終わってる」と思う。
みんな一緒の髪型。化粧。服。やめてくれぇ～！だ。
画一化されている。

台湾は最近化粧をするようになって、おしゃれになった。
顔のパーツの位置が間違っていない台湾人が頑張れば、全体的な平均点の底上げを図れる。
だって、健康的。溌剌。スタイルよし。姿勢よし。笑顔が多い。
あとはヒゲを剃ればいい。

（注）私のことは棚に上げた。

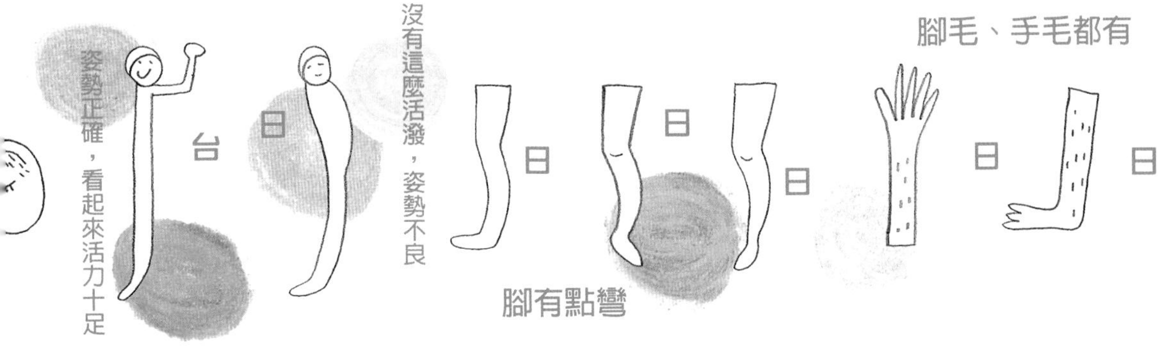

台灣人為什麼這麼喜歡套子呢？

台湾人は、なぜこれほどカバーが好きか？

台灣人和套子

台湾人とカバー

台湾人とカバー

台灣人和套子

よくこんなに集めたな

↑

「竟然收集了這麼多？」

「竟然收集了這麼多？」
令人驚訝的大量行動電話套，
或是「這是怎麼回事？」讓人不自覺地這麼想的淋浴帽掛在雜貨店。
除了這些讓人訝異的大量陳列的商品之外，
還有面紙套、洗衣機套、電視套、電鍋套、冰箱套等等。

電鍋還要加上套子，這樣使用起來很不方便吧，
冰箱的套子，太大了很難用吧。
電視加上套子，怎麼看呢？
這些套子完全不是著重功能性。
台灣人為什麼這麼喜歡套子呢？
但是，為什麼沒有「那個」？

「よくこんなに集めたな？」
と関心するほど大量の携帯カバーや
「どうゆう事？」
と考え込むほどのシャワーキャップが雑貨店にぶら下がる。
驚きのラインナップは、他にもティッシュカバー、
洗濯機カバー、テレビカバー、炊飯器カバー、冷蔵庫カバー等々……。

炊飯器にカバーなんかして、なんだか使いにくそう。
冷蔵庫にカバーするのって、デカくて大変そう。
テレビにカバーしたら見なくなりそう。
全然機能的じゃないカバーばっかり。
台湾人は、なぜこれほどカバーが好きか？
だけど、どうしてアレが無い？

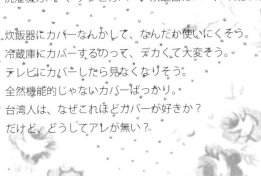

馬桶坐墊套。

馬桶的坐墊、蓋子、腳踏的墊子和拖鞋，是全套的廁所配備，每個家庭都會有。
冬天上廁所時，屁屁才不會冷，夏天上廁所時，才不會因為流汗而黏黏的。
而且有各式各樣的圖樣，從夢幻的花樣到素雅的名品，樣式豐富。
是日本人家裡愛用的物品。

「為什麼？」我很疑惑，所以嘗試去思考台灣人和日本人使用套子的不同目的。

台灣人為了要把髒掉或老舊的東西遮住而使用套子，日本人則是為了讓物品不容易變髒而使用套子，套子變髒時，只要拆下來清洗就能常保清潔。
換句話說，與其弄髒了再來清掃，倒不如用套子遮住就看不見了，是台灣人的思考；
日本人的思考則是，在弄髒前先套起來。

便座カバー。

トイレの便座、蓋、足元に敷くマットとスリッパがお揃いで、トイレを演出する 。
主に家庭で使用され、冬は冷えた便座からお尻を守り、夏は汗による便座のベタ付きを防ぐ。
ファンシーな物から、シックなブランド品までバリエーションも豊富。日本人家庭御愛用のアイテム。

この「どうして？」を切り口に、両者のカバー使用目的の違いを考えてみた。

台湾人は、汚れたり古くなった物を隠す為にカバーをして、日本人は、洗いにくい物を汚れから守り、
汚れたらカバーを洗って清潔を保つ。
つまり、汚れたら掃除するより見なかった事にする、カバーで隠す台湾人と、
汚れる前にカバーして防ぐ日本人。

從這一點可以看出民族性的不同。

台灣人不會去擔心將來的事，總是很豪爽、自由，立刻不假思索地嘗試新的事物。
日本人對未來想很多，並以過去的統計資料為基礎，做細密的調查和萬全的準備，
凡事以預防的角度思考。
此外，台灣人很習慣失敗，也很會做事後的適度補救；亡羊補牢。
日本人則是在尚未行動前就害怕失敗而弄得筋疲力盡；未雨綢繆。

日本有台灣沒有的東西。
台灣有日本沒有的東西。
這就是我觀察到的日本人和台灣人之間的差異。

ここから国民性の違いを考える。

先の心配をせず、豪快に、自由に、勢いよく、新しい事に取り組むのが台湾人。
先見の明を持って、過去のデータをもとに緻密な調査と万全な準備で、しっかりと予防線を張った
上で先に進むのが日本人。
さらに失敗に慣れっこで、テキトーに取り繕うのが台湾人。
やる前に、失敗を恐れて疲れちゃうのが日本人。

日本にあって、台湾に無いもの。
台湾にあって、日本に無いもの。
日本と台湾、人間ウォッチング。

壓力是什麼？

ストレスって何？

奇怪ね《ㄋㄟˋ》 12

和台灣人一起去ＫＴＶ

台湾人とカラオケ

和台灣人一起去KTV
台湾人とカラオケ

喝啤酒愛加冰塊的台灣人
ビールに氷を好んで入れる台湾人

叫一大桶啤酒的台灣人
樽でビールを注文する台湾人

即使上司正在唱歌也能擋在他面前
專注其他事情的台灣人
上司が歌っていても前を遮って
他の事に夢中になれる台湾人

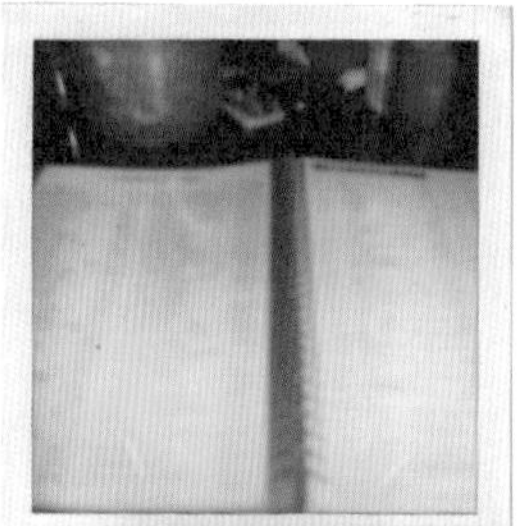

沒辦法拍得很好，但不知為什麼曲目
的左右兩頁的紙顏色竟然不同
うまくとれなかったけど何故か左
右の紙の色が違う台湾の曲目リスト

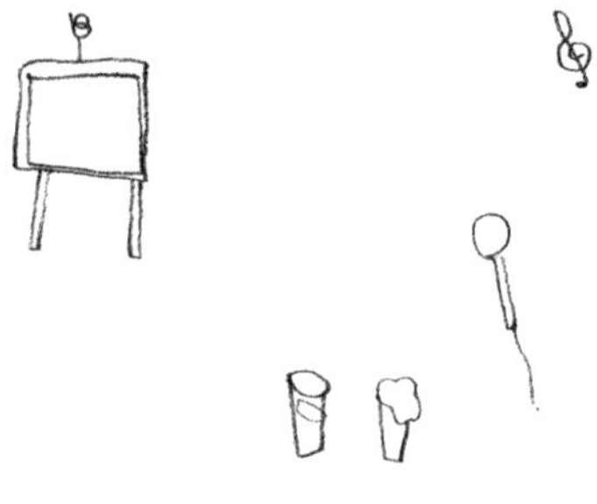

在日本，我幾乎不去 KTV。
明明唱得不太好，還要假裝一副陶醉的樣子，那氣氛真有點令我作嘔。
我的看法是，只有五音不全的人才會喜歡去 KTV。
這些人只能靠這樣的方式來表現自己，真是寂寥啊！
ㄘㄟˊ！可憐的小市民。
啊，再寫下去，可能會被 KTV 愛好者派殺手暗殺。
批評就到此為止。

來說說台灣的 KTV 文化。

如果和台灣人一起去 KTV 的話，我倒是欣然同行。
因為實在很有意思。
從頭到尾是個無法管治的地帶，極端失禮也無所謂，真的很令人興奮。
即使別人做了失禮的事，大家好像也沒發現。
看了覺得真有趣。

日本では、ほとんど行かない。
たいしてウマくもないのに、顔を作ってウットリ唱う、あの雰囲気が気持ち悪い。
音痴に限ってカラオケ好き、と言うのが私の持論でもある。
大体、あんなもんでしか自己表現を出来ないなんて、何とも寂しい話だ。
ケッ！小市民めっ。
あっ、これ以上書いたら、カラオケ好きが手配した刺客に殺されるかもしれない。
もう、ヤメておこう。

で、台湾でカラオケ。

台湾人となら、喜んで行く。
だって、面白い。
最初から最後まで無法地帯で、失礼極まりない。ワクワクする。
失礼をされたほうも、失礼だと気づいていない。見ていて楽しい。

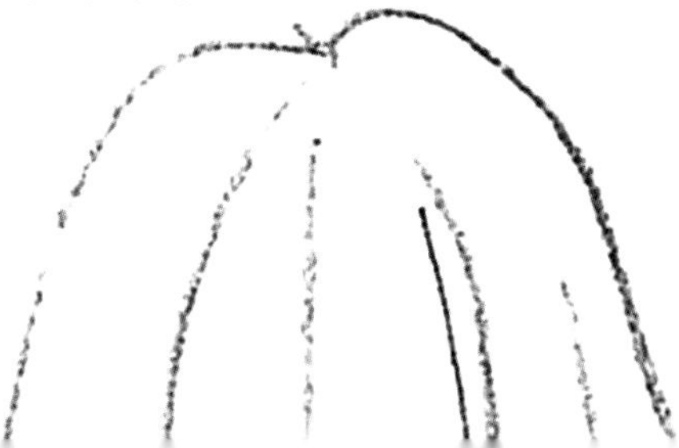

首先，大家當然不會按約定的時間到達。
先到先唱，人少也無所謂。
果然是台式的開場。
大家把握時間猛點歌，一首接一首唱了起來。
晚到的人陸續抵達。

飲料是一大桶啤酒，而且還沒了氣，
加入一大堆冰塊後飲用。
非常難喝。
這是大中華圈特別喜愛的喝法。
大家竟也這麼大口喝了起來，還猛灌。
相當辛苦。
看看其他的人，似乎也很苦，不止我一人。
發現這一點後突然變得很開心，
在這裡不能講究喝好酒的方法。

まず、約束した時間に人が来ないのは、当たり前。
少人数で、勝手に始まる。
予想通りの台湾式スタート。
どんどん曲を入力してどんどん唱い始める。
バラバラと後から人が来る。
飲み物は、デカイピッチャーに入った汽の抜けたビール。
それに氷をいっぱい入れて飲む。すごくマズイ。
中華圏で好まれる飲み方。
皆これをひたすら、ビックリする程飲む。
結構ツライ。
まわりを見渡せばみんなも辛そう、私だけじゃないよう。
それに気づいて楽しくなる。
美味しくお酒を飲む方法なんか考えちゃいけない。

用筷子夾冰塊……

割箸で氷を…

啤酒裡加一個!!

ビールの中に一個!!

再加～～!?

まだ入れる～!?

証據照片!!

不管輪到什麼人唱，好像根本沒有人在聽。
正在唱的人，好像也不奢望大家聽他唱。
還有人連續唱五、六首，就這麼獨佔著麥克風。
在日本，這種人下次就會被大家排除在外。
但是，這裡是台灣。
「不要一個人獨佔麥克風！」如果想抱怨的話，
倒不如插歌把麥克風搶回來比較實在。

此外，同樣的歌還會連續不斷地被點唱。
A 先生唱了後，B 小姐又點了同樣的歌，
接著 C 先生和 D 小姐也跟著點。
再亂一點，甚至大家一起唱了起來。
這種情況在日本也很少見。
在日本，大家都心知肚明這是「某某人的主題曲」，
某某人的主題曲，其他人是不能隨便點的，不可侵犯的。如果想唱同一首歌，也要等過了一段時間後才行。
但是，這裡是台灣。

還有更誇張的。
台灣的 KTV 真是超亂的。
啊，錯了。
台灣的 KTV 真是超正的。
竟然有人在 KTV 包廂內，打開手提電腦開始上網或玩起遊戲。有時底下休息喝酒的人反而鬧得比麥克風的聲音更大。

誰かが唱ってても、誰も聞いていない様子。
唱ってる人も、人に聞いてもらおうと思って唱ってない様子。
歌い手は、続けて 5、6 曲分のマイクを独占する。
日本だったらこうゆう人は、次から即、仲間ハズレ。
でも、ココは台湾。
「一人で続けて唱うなよ」と、文句言うくらいなら、
負けずにとっとと曲を入れればいい。

さらに、同じ曲を続けて何度も入れる習慣がある。
A さんが唱おうが、すぐあとに B さんも同じ歌を唱っちゃう。
続いて、C さんも D さんも唱っちゃう。
下手すりゃ全員で唱っちゃう。
これも、日本じゃあんまりない。
日本なら「誰々の十八番」みたいな暗黙の了解があって、
誰かの十八番は、他人が侵しちゃいけない領域だったりする。
もし唱うなら、大分時間を置いてからじゃないとダメ。
でも、ココは台湾。

さらに、まだある。
台湾のカラオケ無作法。
あ、間違えた。
台湾のカラオケ御作法。
カラオケボックス内にあるパソコンで、ネットやゲームを始めたりする。
もしくは、唱わず酒を飲んでる軍団が、唱ってる人のマイクの声より大きい声でゲームをはじめて盛り上がる。

上司
部下

誰も聞いてない
没有人在聴
一個人在唱歌
一人で歌ってる

在日本，如果正在唱歌的人如此被忽略的話，
我想一定有人會很生氣，「早知如此就一個人去唱了！氣！」
但是，試看看還滿有趣的。

啊！我有個好主意。
日本人如果試試台式的 KTV 禮儀，
而台灣人試試日式的 KTV 禮儀，
應該滿快樂的？

こんなにも、唱ってる人を無視するなら、
日本人なら「1人で行ったほうがマシよ！ぷりぷりっ。」
って怒っちゃう人もいると思う。
が、やってみると楽しいのだ。

あ！いいこと考えた。
日本人は、台湾作法のカラオケをやってみて
台湾人は、日本作法のカラオケをやってみると
結構楽しめるかも？

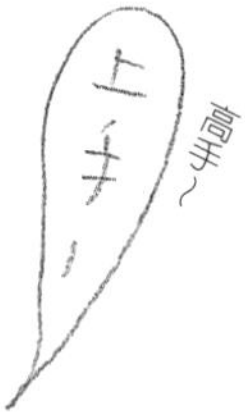

台式

1 不能照約定時間準時到。

2 只要想唱的歌，即使已經有人在唱，不用客氣，儘管點來唱。

3 啤酒即使沒氣，再加入冰塊，搞得超難喝，但還是盡量喝。

4 只要有機會握麥克風，每個人至少連唱五首。

5 底下的人，自己找樂子，玩電玩或大聲吵鬧也無所謂。

台湾式

1 約束の時間通りに来てはいけない。

2 唱いたければ、誰かが唱ってる歌をどんどん取って唱っても良い。

3 ビールは炭酸を抜いて氷を足して、出来るだけマズイものをたくさん飲む。

4 一度マイクを握ったら、一人が続けて5曲は唱う。

5 唱ってる人以外は、ゲームをするナドして別の事で大騒ぎをする。

日式

1 準時抵達。

會晚到或不能到的人，一定要打電話連絡，通知自己何時會到。

2 即使其他人唱得很爛也要一邊打拍子，假裝聽得很開心，

唱完時還會拍馬屁「好厲害 ～」、「和哪一位歌星很像 ～」等等。

3 上班族的話，各自點自己喜歡的飲料喝。禁止因為很便宜，就點一大壺一起喝。

4 不能點別人的主題曲，也不能點前面的人剛唱完的歌。

5 其他人要裝作很認真在聽別人的歌，不可以玩其他有的沒的。

日本式

1 時間通り行く。

行けない人は必ず電話連絡を入れて、どれくらい遅れるかを伝えておく。

2 他人の歌は、下手でも手拍子しながら楽しそうに聞く。

唱い終わったら、「上手～」とか「歌手の誰々に似てる～」とかおだてる。

3 社会人は、飲み物は個人の好みに合わせ各自オーダを取る。

安いからってピッチャーでまとめて取ったりはしない。

4 人の歌は取ってはいけない。さらに、誰かが唱った歌をすぐに唱ってはいけない。

5 唱ってない人は、出来るだけ他人の歌を聴いてる振りをする。他の遊びをしてはいけない。

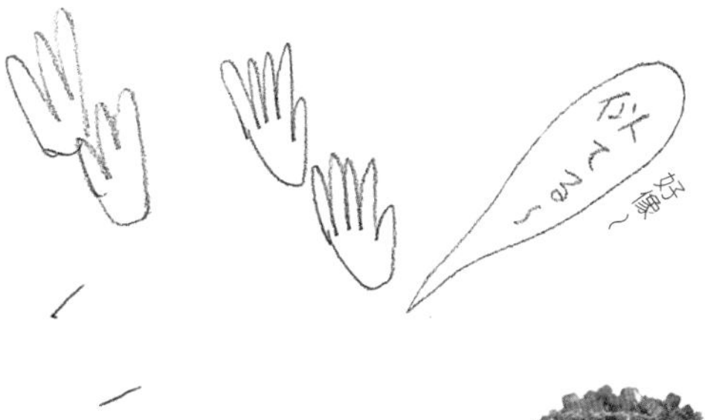

由以上情況看來，

日本人即使去 KTV，好像也是很拘謹、充滿壓力。

還是我參加的台灣人 KTV 太過自由？

台灣人真的很自由隨性，很讚！

これらを見て分るように、

日本人はカラオケでも、ストレスを貯めているんじゃないかと思う。

それとも、私が参加した台湾人のカラオケが自由すぎたのかしら？

台湾人は、自由で素敵かも？

如果對背後的動靜不敏銳一點，有一天全台灣人都會被暗殺喔！

背後に意識を高めないと、台湾人は全員やられるぞ！

奇怪ね《ㄋㄟ》 13

台灣人走路的方式

台湾人の歩き方

台湾人走路的方式

たいわんじんのあるきかた

在日本，如果通勤上學時間拍搭拍搭慢慢晃的話就輸了。

我從小被如此教育長大，「早上是戰爭。不要慢吞吞的！」早上通勤時間，如果肩並肩走在街上，在我的觀念裡，是一種「公害 」。不自覺就肩並肩行走的人，只有女高中生吧！如果時常肩並肩行走的話，學校附近的居民，會到學校抗議，要學生不要肩並肩走在街上。朝會時，學校會要學生注意，「禁止肩並肩行走」。因此，「肩並肩行走會造成別人的困擾」這種觀念在青少年時期就被內化。再者，日本人以前曾經是忍者，如果背後有人靠近的話，就會立刻讓開。這樣的直覺，男女老少都很敏銳。

日本では、通勤通学時間にモタモタ歩いてたら負け。
私は小さい頃から「朝は、戦争だ。グズグズするな！」と言い聞かされて育った。朝のそんな時間帯に、横に並んでタラタラ歩くのは、一種の公害と言う概念が染み込んでいる。
ついつい横並び歩きしちゃうのは、女子高生くらいだ。横並び歩きをやると高校の近所の住人から、歩行妨害をするなと学校へ苦情に来たりして、「横並び歩き禁止」と朝礼で注意される。それで「横並び歩きは迷惑だ」と、青年期に脳にインプットされている。さらに日本人はもともと忍者だから、背後に人の気配があれば、サッと交わすことができる。この手の能力は、老若男女非常に長けている。

台灣人走路實在很緩慢。

可能是因為不喜歡走路吧，才會懶懶散散的。

即使想要超前，前方的人也不讓路。

已經可以感覺到後方人的鼻息，或快要貼到背，也完全沒察覺。

不大聲說出口的話，前方的人完全沒發現。

早上上學時如果碰到這種情況，

我腦海裡「早上是戰爭」的細胞立刻甦醒，

豈只是鼻息，鼻子都快噴火了。

ㄣ，真的能噴火的話，真的很想噴看看，從鼻子噴火。

如果真能從鼻子噴火，大概所有的台灣人都要被燒傷了。

換言之，所有的台灣人可能都會被我噴出的火追著跑，

然後，我會成為跨國通緝的危險人物。

這麼一來我就頭大了，各位台灣人，拜託啦！

「要不要試著走快一點啊？」或是「多注意一下背後的動靜吧？」

台湾人は歩くのが遅い。
歩くのが嫌いだから、多分、嫌々歩く。追い抜きたくても、どいてくれない。鼻息がかかる程、背後に接近しても気づかない。大きな声で声をかけない限り、気づかない。朝、この状況に遭遇すると、「朝は戦争」と脳細胞に擦込まれた私は鼻息どころか、鼻から炎を吹きそうになる。うん、吹けるもんなら吹いてみたい、鼻から炎。じゃぁ、鼻から炎を吹いてみたとする。多分、ほとんどの台湾人は大やけどだ。つまりほとんどの台湾人が私に火を吹かせる状況に追いやる可能性がある。そして、私は危険人物として国際指名手配になる。それじゃあ困るので、台湾の皆さんにお願いします。「早く歩いてみませんか?」もしくは、「背後に意識を持ちませんか?」

我的提案：

發起「注意背後！全民快步走！」運動

～ 抬頭挺胸闊步行走，

心情開朗。身心 refresh ～

提案「背後に意識を！全台湾早歩き」キャンペーン！

～プリプリ歩けば、心晴れ晴れ。心身共にリフレッシュ！～

說真的，如果再這麼下去台灣會很危險。
如果敵人從背後偷擊，一定會全軍覆沒。
日本人當感到背後有別人靠近時，
不是因為親切，而是感到不快和危險才讓路的。

冗談抜きにして、このままでは台湾が危ないと思う。
もし背後から敵が攻めて来たら、間違いなく全員死亡。
日本人は、背後に他人の気配を感じたら、
親切心じゃなく、不快や危険を感じて路を譲る。

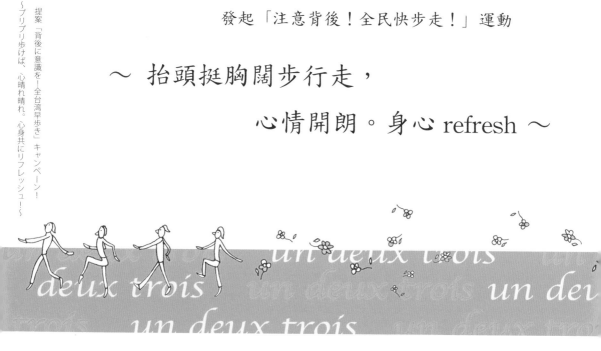

台灣人為什麼這麼遲鈍呢？（啊，失禮了。）

我想這是人我距離（personal space）的問題吧？

他人接近自己到什麼程度會讓人感到不愉快，因人而異。我想，台灣的人我距離比較小。女性朋友間，時常手牽手走路，（以日本人的角度來看，一定以為是同性戀）和台灣人談話時，我常在心裡想「喂，拜託不要那麼靠近」。自己不斷地後退，最後甚至被逼到屋子的角落。排隊時也時常心想「喂，請離我遠一點」。和亞洲人比起來，歐美的人我距離是比較寬的，以我個人的看法，中華圈的距離特別的窄。然後，因為台灣人多地少，所以距離又更縮小了吧？人我距離反映了每個人的個性。因此，常有人說台灣人的社交能力比日本人好，但相反地，我卻認為「台灣已經這麼熱了，可以不要再貼那麼緊嘛！」好像越說越遠了。我到底想說什麼？如果對背後的動靜不敏銳一點，有一天全台灣人都會被暗殺喔！為了不讓我的鼻子噴火，成為跨國通緝的對象，請大家多幫忙。這才是我想說的事。

台湾人は、なぜこんなに鈍いんだ？（あ、失礼。）

これは、パーソナル・スペースの問題ではなかろうか？他人が自分にこれ以上近づいたら不快た、と思うスペースは、人それぞれ違うけど、台湾人はこのパーソナル・スペースが小さいと思う。女の子同士でもよく手をつないで歩いたりしてるし、（日本人から見ると同性愛者かと思う）台湾人と話していても、私は「うくっ、そんなに近寄るなよ」と思う事が多い。こちらも後ろにジリシリ少しヅツ逃げて、最後には部屋の角まて追いやられてしまう事もある。列を作って並んでいるときも「くっ、そんなに近寄るなよ」となる。アジアに比べて、欧米はこのパーソナル・スペースか広いと言われてるか、私の個人的見解では、中華系は特に狭いと思う。

そして、台湾は土地がチッコイから、もっと狭くなるんしゃないかしら？パーソナル・スペースは、個人の性格に距離が反映する。だから、台湾人か日本人に比へ外交的だという事も言えるけと「こんなにアチィ土地て、あんまりくっつくなよな」とも思う。

話が散らかってしまった。ココでいいたい事はなんだったか？

背後に意識を高めないと、台湾人は全員やられるそ！という事だったか、私か鼻から火を吹いて国際指名手配にならないように協力して欲しいとか、多分、そんな事だったと思う。

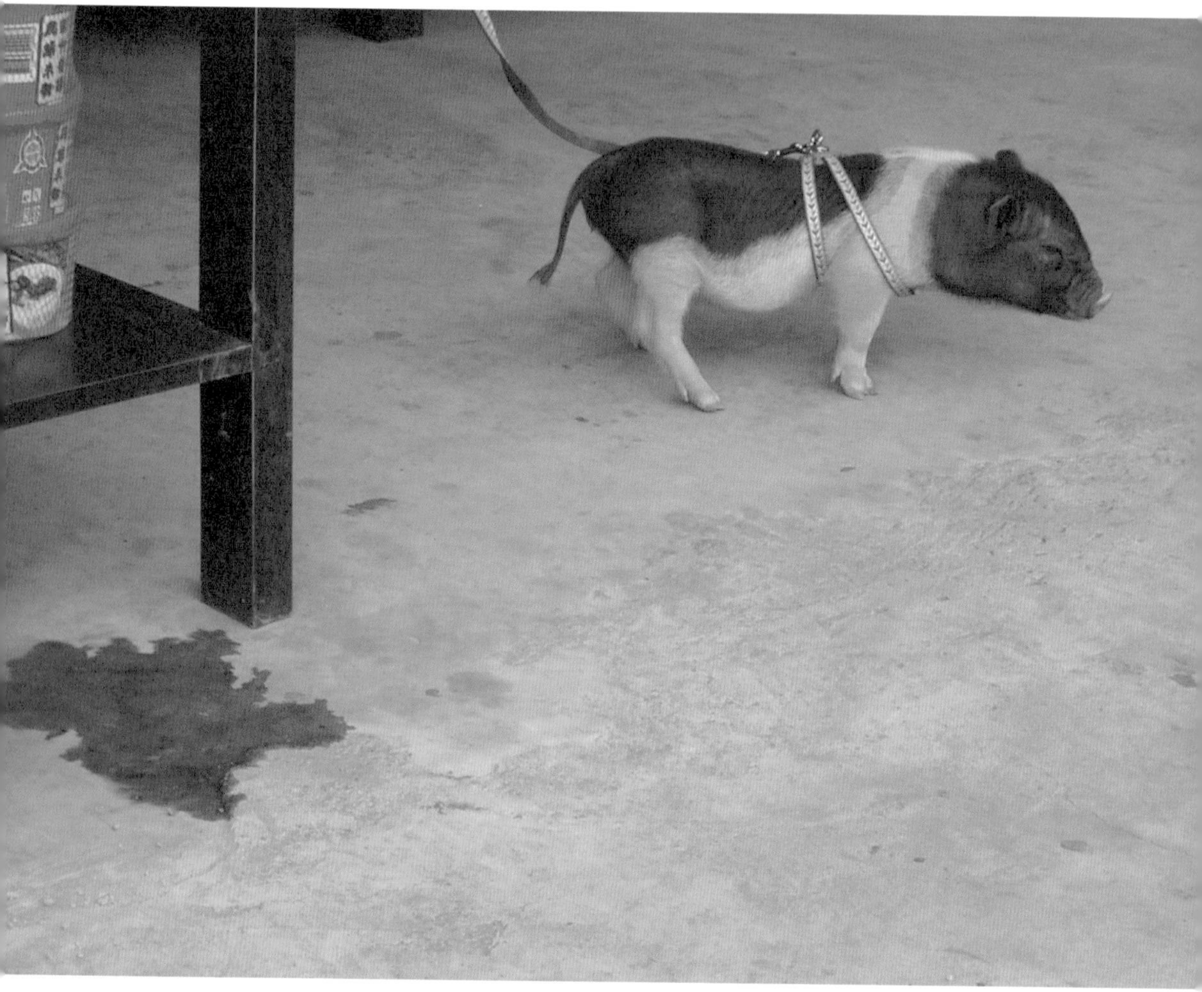

請維持廁所的清潔。

トイレを奇麗に使いましょう。

關於廁所的故事

トイレに関するお話

誤　誤　正

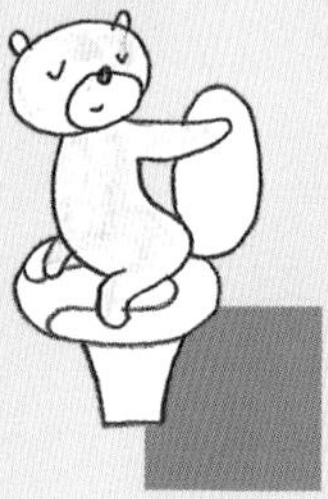

↑

台

台日不同的廁所用法

日台トイレの使い方の違い

Do you know how to use toilet?

日

↓

正　誤　正

關於廁所的故事

トイレに関するお話

疑問

question

台灣的女廁，西式馬桶的蓋子通常是掀起的。

當我問：「為什麼？」

回答是：「因為家裡有男士的人，總是習慣把馬桶坐墊掀起來」

原來，男女共用的廁所，使用完的人如果不把坐墊掀起來，男性使用時，坐墊上很可能會沾到尿液。所以，把坐墊掀起來是女士的責任？

真令人困擾。在日本這可是男士的責任。

但是，為什麼女生專用的廁所坐墊也會濕濕的？

當我問：「為什麼？」

和我一樣住在台灣的美國和加拿大的朋友回答：「曾經看過歐巴桑蹲在馬桶上。」

因此，坐墊之所以會濕，也是因為被尿沾到。

canadian

證人

american

台湾の女子トイレは、様式の便座が上がっている確率が多い。

「どうして？」と聞いたら

「家に男がいる人は、クセになっているんだよ。」と言う。

ということは、男女共同のトイレは、使った人が気をつけて便座を上げておかないと

男にシッコを引っ掛けられている可能性が高いという事になる。

便座上げは、女の仕事なのか？ 困ったもんだ。日本では、男の仕事だよ。

でも、女子専用トイレでも便座が濡れている事がある。

「どうして？」と聞いたら

「おばさんが、様式便座の上に上がってしゃがんでいるのを見た事がある。」とアメリカ人とカナダ人の友達が言う。

よって、便座が濡れているのは、おシッコ引っ掛けられているという事なる。

關於廁紙一事，我也要提一提。

來台灣的國外觀光客，幾乎都不知道廁所裡的衛生紙是不能丟入馬桶裡沖掉的。
相反的，台灣人到國外時，很多人也不知道廁所裡的衛生紙其實是要丟入馬桶沖掉的。
在國外，通常沒有垃圾桶，使用過的衛生紙，只能丟入馬桶沖掉。
如果使用過後的衛生紙不丟入馬桶沖掉的話，廁所就會變得又髒又亂。

幾年前，我偶然去到東京一家飯店。
那時至少有七、八百位台灣人住宿吧！
那一天，這家東京老飯店的廁所，因為無處可丟的衛生紙而慘不忍睹。

相反的，日本人來到台灣後，也曾讓台灣廁所堵塞。
即使是現在，我依然對把用過的衛生紙丟入垃圾桶有所抗拒，還是不習慣。
因此，我想日本觀光客作夢也不會想到廁所裡的衛生紙不能丟入馬桶裡。
很意外的，日台雙方都沒有察覺到這個習慣的差異。
一定要有人說清楚才行！
為了讓雙方能互相理解並有一個舒適的如廁環境，我決定站出來講清楚說明白。

あと、トイレットペーパーの始末についても書かねばならぬ。台湾に来る外国人観光客は、トイレットペーパーを流していけないことを知らない人が多い。逆に台湾人も、海外のほとんどの国で流して良い事を知らない人が多いみたい。海外では、使用後のトイレットペーパーを捨てるゴミ箱がないから、流すべきなのだ。トイレットペーパーは、流して始末せねば、個室内は大荒れになる。

数年前、私は大量の台湾人 が宿泊していた東京都内のホテルに偶然居合わせた。軽く 7、8 百人の台湾人がいたと思う。この日、東京の老舗ホテルのトイレは、行き場のないトイレットペーパーで大荒れとなった。

その逆に、日本人が台湾でトイレ詰ませるという現象も発生している。わたしだって使用後のトイレットペーパーをゴミ箱に捨てるのは、今でも抵抗があり、なかなか慣れない。だから、無知な日本観光客からすると、トイレに流せないなんて夢にも思わないんだと思う。日臺両者とも意外に、このことを知らない。誰かが、はっきり言わねばならぬ！おトイレ事情の相互理解と快適なおトイレ環境普及すべく、私は今、立ち上がる。

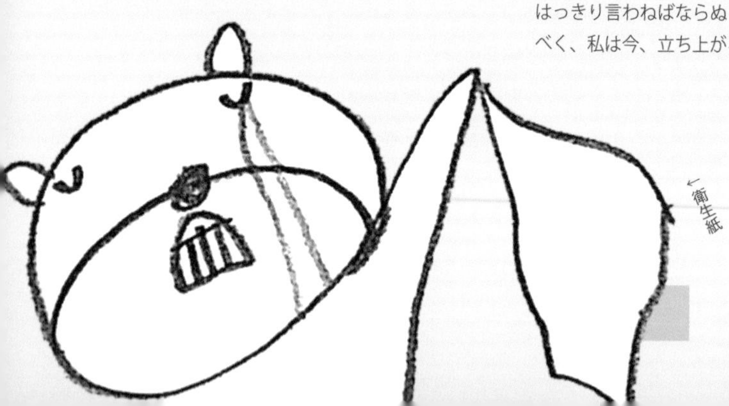

給所有日本人：不要再把廁所裡的衛生紙丟入馬桶了！

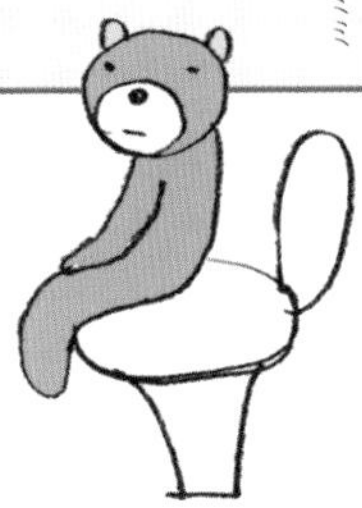

給所有台灣人：

請維持廁所的清潔。

為了不要滿地堆滿使用過的衛生紙，請認真、頻繁地打掃。

正確的使用馬桶，不要蹲在馬桶上大小解，因為實在很危險；

也不要讓排泄物四處飛散。

如果能做到以上幾點的話，我也會負起責任教育日本人。

給所有日本人：

不要再把廁所裡的衛生紙丟入馬桶了！

台湾のみなさん。
トイレを奇麗に使いましょう。使用後のトイレットペーパーが溢れないようにマメに掃除してちょうだい。
トイレは正しく使い、大変危険ですから無理によじ上ったりせず、シブキを飛ばしたりしないでちょうだい。
そうしてくれるんなら、私が責任もって日本人に教育します。

日本のみなさん。

トイレにトイレットペーパーは流すなよ！

NEWS ?

奇怪ね ⑮

台灣的新聞

台湾のテレビニュース

台湾のテレビニュース

台灣的新聞

紅紅的颱風來了！

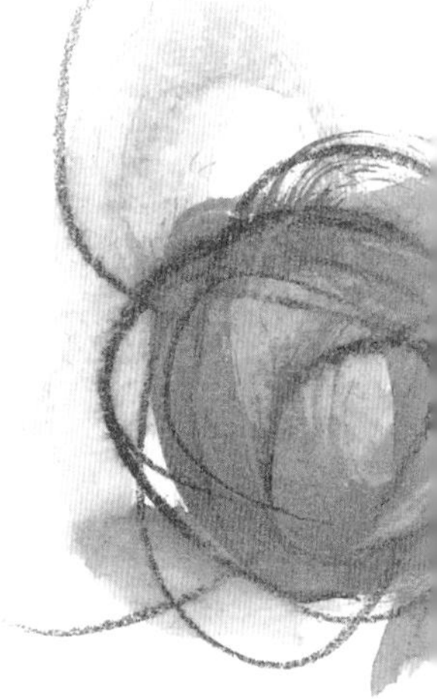

台灣的電視畫面比日本華麗。
日本新聞的字幕大概只有一個地方，台灣的新聞畫面則是跑馬字幕上下左右不斷播放，
並且使用各種不同的顏色。地震和颱風時，情報更是錯綜，畫面也越是顯目。

テレビの画面が日本より派手だ。
日本の字幕は大体一カ所だけど、台湾のは上下左右にガンガン流れ、いろんな色を使っている。
地震や台風の時は、情報が錯綜して画面はどんどん派手になっていく。

颱風來了！

颱風來了！

台風がきた！

有一次，有一個很大的颱風直撲台灣，是威力很強，比台灣面積還要大的強颱。

當時有一個新聞節目的畫面是，有點興奮的播報員一旁出現颱風的圖。
強大的颱風一邊旋轉一邊接近台灣又回到原來的海面上，快接近時又轉回海面上，
就這麼反覆旋轉著。
但是，不知道為什麼這個颱風是火紅的，就像一團燃燒的火球，快要把台灣吞沒了。
而且不斷地反覆播送，眼看台灣就快被火燒到了。
後面傳出播報員迫切的聲音，恐怖感倍增。
我平常不太看電視的，這類的演出在台灣或許是常有的事，
但是，實在太令我驚訝了，我寫信告訴數十位日本友人，
「台灣的颱風紅的跟火球一樣！」

在日本，即使有收視率的競爭，但每一台的颱風幾乎都是「白的」，
不會去煽動民眾產生過度的恐懼。
那火紅的颱風也因而一直殘留在我的腦海裡。

まっかかな台風がきた！
紅紅的颱風來了！

ある時、台湾に凄く大きい台風が近づいていた。
勢力も強く、台湾の面積より大きい台風だった。

あるニュース番組の画面には、興奮気味のアナウンサーの横に台風の図が映し出されていた。大きな台風が、グルグルと台湾に近づいては海上に戻る、近づいては戻る、の繰り返し図。なぜかその台風は真っ赤で、火の玉がゴウゴウ燃えて、台湾を飲み込む姿にしか見えなかった。
幾度となく繰り返し火あぶりされる台湾。
後ろに流れる、アナウンサーの切迫した声が、恐怖感を倍増させる。
私は、普段あまりテレビを見ないので、もしかしたら台湾では、この手の演出はよくある事なのかもしれない。でも、あまり驚いたので、私は日本の数十人の友人に「台湾の台風は、赤くて火の玉みたい！」とメールで言いふらしたりもした。だって我が国の台風は、たとえ視聴率争いがあったとしても各局軒並「白」だから、過剰に恐怖感を煽る事はない。
おかげであの赤い台風は、未だに私の脳裏に焼き付いている。

台風がきた！
颱風來了！

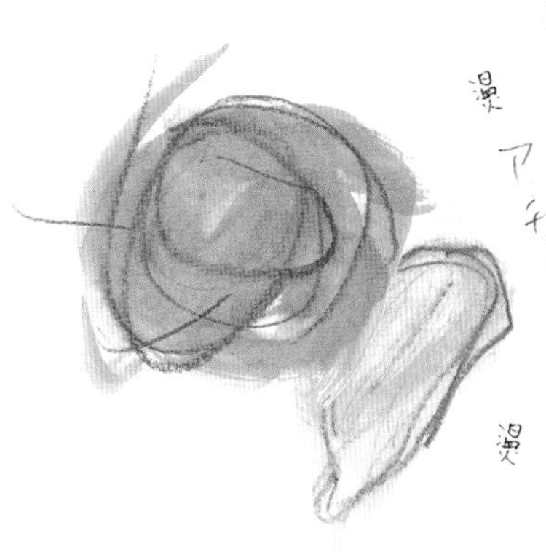

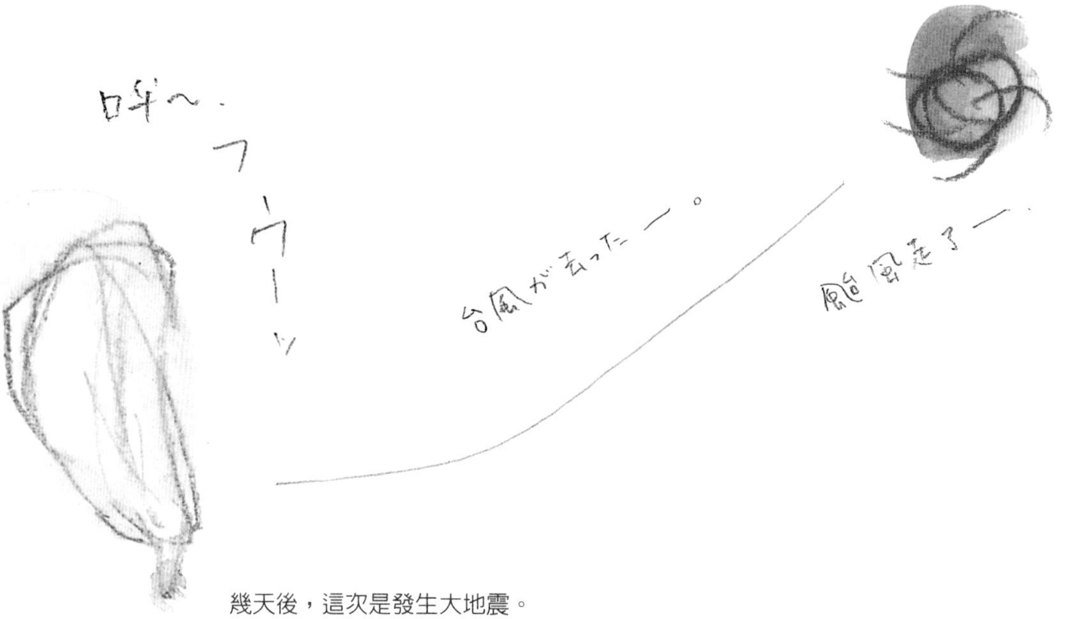

幾天後，這次是發生大地震。
因為是緊急事故，我於是刻意打開平常不大看的電視。
這次畫面上播報員的一旁出現的是台灣全島的地圖。
這張台灣島圖整個嘎嗒嘎嗒地搖晃著，不斷重覆，整個島都在搖晃。
這種表現地震方法的想像力，實在太幼稚了。
恐怖的地震竟然用如此輕率的方式表現，顯得台灣是個「很輕的島」。

その数日後、今度は台湾に地震が起こった。
緊急事態発生の為、またしてもあまり見ないテレビを見た。
今回、画面上アナウンサーの横に映し出されたのは、台湾全土の地図。
その島の絵が丸ごとガタガタ揺れている。
繰り返し島が揺れる。
この表現で地震を表す想像力はあまりに稚拙で、
怖い地震が間抜けに表現され台湾がやけに軽い島に見えた。

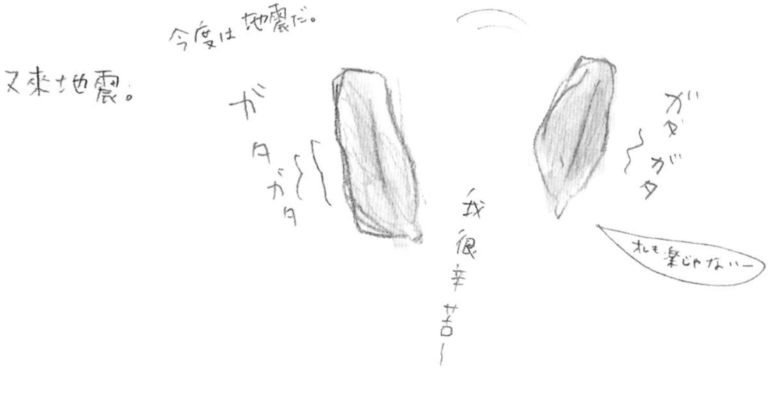

然而漸漸地，我開始喜歡台灣的新聞，沒事時會開著電視。

過了一陣子，又出現讓我想寫伊妹兒跟日本人說的奇特畫面，
雖然我已忘了新聞播報的內容。
接受採訪的商店老闆，肩上有一隻很大的鸚鵡。
為什麼沒有人在意？那隻鸚鵡明明就是礙事，怪。
鸚鵡一點也不安分，一下啄老闆的臉，一下拉他頭上所剩無幾的頭髮。
但是，訪問卻像鸚鵡不存在般的進行。
我開始想，不會那隻鸚鵡只有我一個人看得見吧！真是奇怪的新聞。

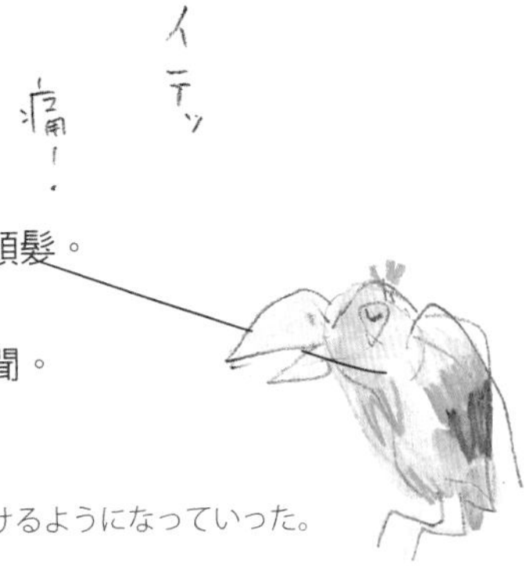

そして私は、だんだん台湾のニュースが好きになり、暇を見つけてはテレビをつけるようになっていった。

それからしばらくして何のニュースだったか内容は忘れたが、また日本にメール打ちたくなるような映像を目にした。
インタビューに答える商店のおじさんの肩にでかいオウムが乗っている。
なぜ、誰も注意しなかったのだろう？オウムは明らかに邪魔だし、変。
おじさんの顔を突いたり、ハゲがかった頭から少ない髪の毛を摘んだりして、落ち着きも無かった。
だけどインタビューは、まるでオウムなんか存在しないかのように進行していった。
今では、もしかしたらあのオウムは私にしか見えなかったのか、と思い始めているくらい変なニュースだった。

以我的中文程度，最難聽懂的雖然是新聞節目，
但最有趣的也是新聞。

私の中国語のレベルでは、テレビ番組の中で一番聞き取りが難しいのが
ニュースだけど、一番面白いのがニュースでもあります。

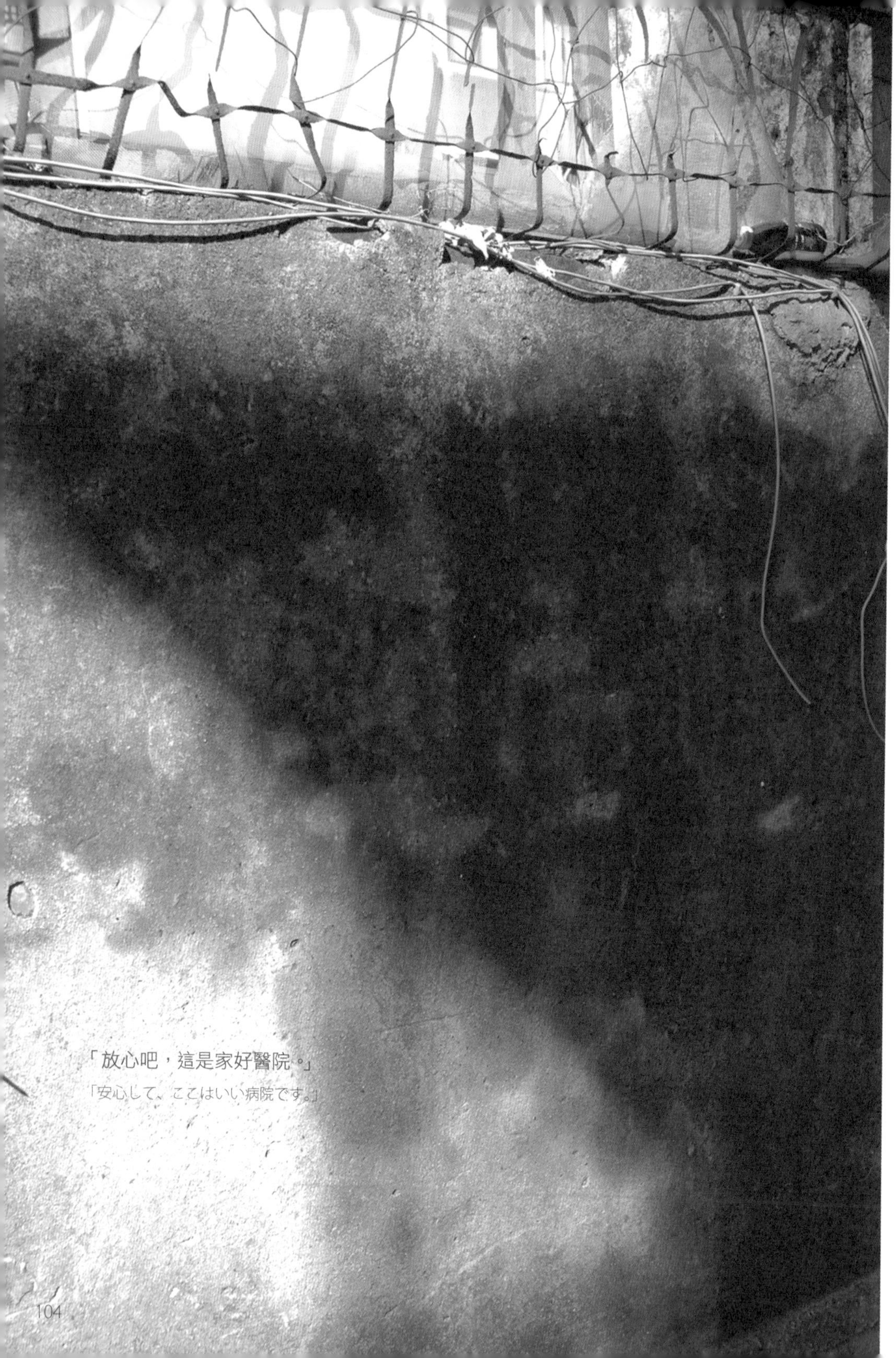

「放心吧，這是家好醫院。」

「安心して、ここはいい病院です。」

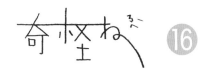

醫院

台湾の病院

ホスピタル

醫院

The Hospital in Taiwan

臺灣人愛死了藥和醫生
五百四十六步範圍裡的醫療天堂

台湾人は薬と医者が死ぬほど好き　わずか546歩圏内の医療天国

start

1 步 出家門・立刻發現牙醫的招牌。
1 歩 自宅を出て、すぐに歯医者の看板を発見。

109 步 連冰淇淋也賣的中藥行。
109 歩 アイスも売ってる漢方薬局。

131 步 許多台灣人都騎車所以患者似乎很多。131 歩 台湾人はみんなバイクに乗るから患者も多そうだ。

141 步 治療近視的雷射手術比起日本似乎很常見。141 歩 近視のレーザー治療は日本よりお手軽みたい。

165 步 又是眼科。這麼說來台灣戴眼鏡的人算是多的。165 歩 また目医者。そういや台湾は、眼鏡の人が多いかも。

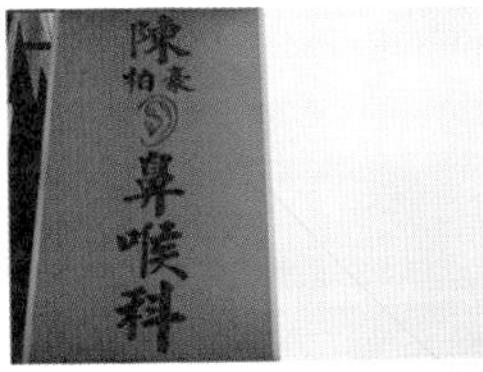

201 步 又是耳鼻喉科。我人生中至今為止只去過三次。201歩 また耳鼻咽喉科。私は、人生で三回くらいしか行った事が無いのに。

？步 又來了！太過驚訝以至於忘了數到第幾步。？歩 まただ！と驚いてたら何歩目か数え忘れちゃった。

306 步 藥局的上面是酒吧。即使喝太多也不用擔心。306 歩 薬局の上が酒場。飲み過ぎても安心です。

343 步 在路的對面的另一端又發現藥局！343 歩 遠く道路の向こう側に、薬局を発見！

411 步 這裡不是傳統的中藥行，但也是藥局。411歩 ここは、伝統的な漢方の薬局じゃないけど、また薬局。

463 步 終於出現的內科卻掛著心型的符號♡ 463 歩 やっと出て来た内科は、ハートのマーク♡

和上面是同一所醫院。入口處的綠十字很可愛。上と同じ病院。入り口の緑十字がかわいい。

491 步 第四間中藥行。每家的藥調配比例不同嗎？491 歩 四件目の薬局。それぞれ薬の調合が違うのかな？

546 步 到處都是牙醫。台灣蛀牙的人很多嗎？546 歩 歯医者ばっかり。台湾人は虫歯が多いのかな？

到此為止共有 12 家。數也數不完。打道回府也。ココまでで 12件。数えていたら切りがない。もうウチに帰ろう。

end

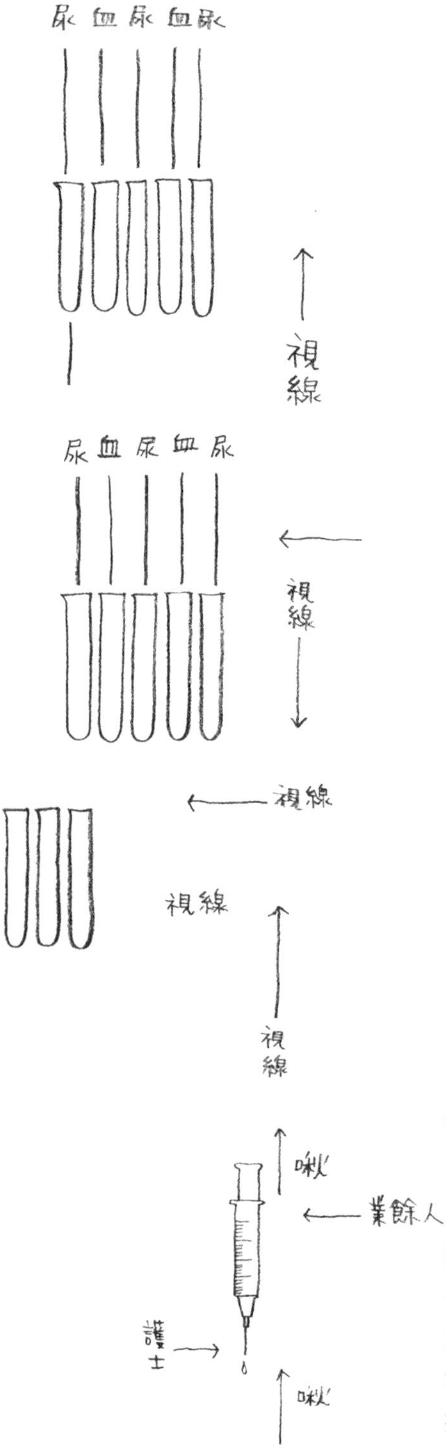

台灣人很喜歡醫院和藥。
我兩者都討厭。
但因我的大意，在台灣曾受到醫院的照顧。

台灣人帶我到公認有名的醫院去。
這家醫院的櫃台位於等候廳的正中央，
還擺放著許多的試管，裡面是每個病人要檢查用的尿液。
換句話說，在等候室的每個人都能看到其他人的尿，
讓人覺得很難堪的作法。
在日本，通常在廁所旁的走廊附近，
會有一個小櫃台，只要把要檢驗的尿液悄悄放在那裡，
然後匆忙地溜走就可以了。
但是，這家醫院卻把尿液放置在等候室的正中央，
在這麼多人的地方，尿和尿的生產人一起來來去去。
如果不小心撞倒的話，怎麼辦呢？
而且試管上都貼著名條，一看就知道哪個試管裡是誰的尿，
如果顏色比別人濃濁，還是令人很羞恥呢！
還有，這個櫃台也進行抽血。
此時，已經不是驚訝抽血怎麼也在這種吵雜的等候室進行的時候。抽血站的一旁，大家一一把尿放在旁邊，也就是說，尿和血液排列在一起。媽啊，或許台灣人完全不在意這種事，但是，我卻非常的在意。
尿和血液、尿和血液、尿和血液、尿和血液……
這些字在我腦裡轉啊轉。
在日本，抽血一定是在診察室旁邊的小房間裡進行。
但是，還有更誇張的事。
正在我等著抽血的時候，
護士竟然對著跟我一起來醫院的朋友說：
「可以幫忙一下嗎？」
然後，護士把針筒就這麼交給一般人。
我朋友也很順手地接下針筒。
好像是病人的血管找不到，護士想用雙手來找。
公開抽血、把尿放在公開的場所，已經夠令我目瞪口呆了，
竟然還大膽地請一般人幫忙。
我的朋友明明是外行人，卻異常平靜地幫忙抽著血。
揪——
然後朋友一邊抽著別人的血，一邊跟我說：
「放心吧，這是家好醫院。」

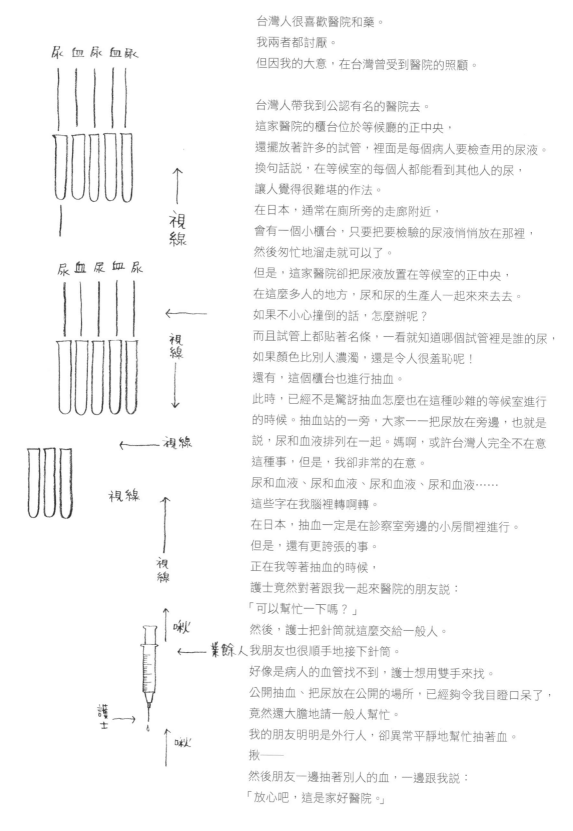

台湾人は、病院とか薬とか大好きだ。私は、両方とも嫌いだ。
でも不覚な事に、台湾でお世話になったことがある。

台湾人曰く、有名だという病院へ 連れてってもらった。その病院は、待合室のど真ん中にカウンターがある。そこに試験管に取った尿検査用の尿を置く。つまり、待合室の誰もが他人の尿を見れる恥ずかしいシステムだ。日本だったら、トイレの近くの廊下みたいなところに小さな小窓のカウンターがあって、ひっそり尿を置いて、そそくさと逃げればいい。でも、この病院は待合室のど真ん中に尿置き場があるので、たくさん人が居るところを尿とその尿の生産責任者が一緒に歩く。ぶつかったら、どうすんのー。それにどれが誰の尿か一目瞭然だし、人のより色が濃かったらやっぱり恥ずかしい。
さらに、そのカウンターは採血場も兼ねている。採血もガヤガヤとした待合室でやるのかとビビっている場合じゃない。採血してる隣りに、みんなが尿を置いていく。つまり、尿と血液が一緒に並ぶ。まぁ、台湾人はそんなこと誰も気にしていないんだろうけど、わたし的には非常に気になり、頭の中をぐるぐる回った。尿と血液、尿と血液、尿と血液、尿と血液……。
日本では、採血も診察室の脇の個室でと、相場は決まっているから。
でも、もっとすごいことあった。私が採血の順番を待っていると、私の付き添いの知り合いに向かって看護婦が言った。
「ちょっと、手伝って。」
そして、看護婦は一般人に注射器を預けた。私の知人も、平然と注射器を受け取る。どうやら血管が見つかりにくく、看護婦は両手を使いたかったらしい。
公開採血、公開尿置き場だけでも感心してるのに、手伝いに一般人を起用する奔放ぶり。素人のくせに私の知人も平然と血を抜いていた。
チュウーッ。
そして知り合いは、血を吸い出しながら 私に言った。

「安心して、ここはいい病院です。」

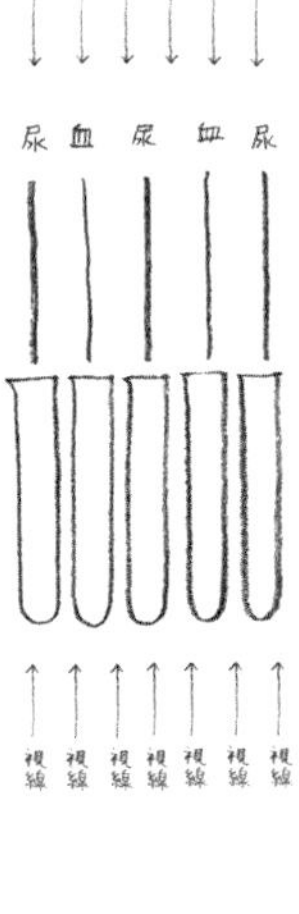

對人工香料、著色劑、保存劑、防腐劑等缺乏概念。

人工甘味料、着色料、保存料、防腐剤等についての概念が少し欠ける。

台灣人成分分析
たいわんじんせいぶんぶんせき

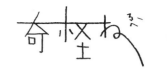

台灣人成分分析《たいわんじんせいぶんぶんせき》

成分

中國人（基本）４５％＋名古屋市民１５％＋東南亞人１３％＋靜岡縣民１３％＋只看眼前７％＋美國國民７％

中国人（ベース）４５％＋名古屋市民１５％＋東南アジア人１３％＋静岡県民１３％＋刹那的７％＋アメリカ国民７％

註・我雖然出身神奈川縣，對靜岡縣和名古屋也很熟悉，至於美國和東南亞則是一般印象。全是我個人的獨斷和偏見。請見諒。

注・神奈川県出身だけど、静岡県も名古屋市も大変よく知ってる場所。アメリカと東南アジアに関しては、イメージで使わせてもらいました。全て私の独断と偏見です。アシカラズ。

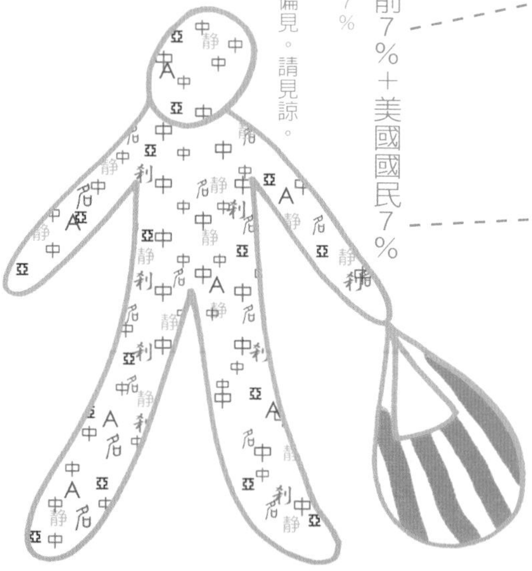

所謂的「名古屋市民」

「名古屋市民」とは

名

獨自的文化（怪怪次文化）十分發達。

愛現，商人特質，尤其重關係和私下的交情。

喜歡和別人裝熟，討厭走路，路邊停車技術高明。

独自の文化（怪しいサブカルチャー）が発達している。

派手好き。商人気質で袖の下とかコネとか結構使えそう。

話し方が馴れ馴れしい。歩くの嫌い。路駐が得意。

所謂的「東南亞人」

「東南アジア人」とは

亞

喜歡騎摩托車，喜歡逛夜市，喜歡 fancy goods。

對人工香料、著色劑、保存劑、防腐劑等缺乏概念。

有點健忘，鼻毛很長，坦誠，笑臉迎人。

沒有時間概念。

原チャリ好き。夜市好き。ファンシーグッズ好き。

人工甘味料、着色料、保存料、防腐剤等についての概念が少し欠ける。

忘れっぽい。鼻毛っぽい。素直。笑顔が素敵。

時間に適当。

所謂的「静岡縣民」

「静岡県民」とは

静

說好聽一點是，很隨和，說難聽一點是，粗線條。

會吃，會笑，會睡又會放屁。對自己很好。

很喜歡夾菜給別人吃，但是，卻比想像中的精明。

よく言えばおおらか。悪く言えばがさつ。

よく食べる、笑う、よく眠る。オナラがよく出る。

自分に甘い。他人に沢山食べさせる。でも、意外とバカじゃない。

所謂的「只重眼前」

「刹那的」とは

刹

現在現在現在，重要的是現在，要活在當下。

買東西時不太考慮之後的事，常因便宜而荷包失血。

今今今、今が重要、今を生きる。

あまり後のことを考えないで買い物をする。

安物買いの銭失いが多い。

所謂的「美國國民」

「アメリカ国民」とは

A

很熱心的接送小孩去才藝班和學校，

撞到別人時會用很正確的發音說「sorry」。

在超市即使消費金額小也刷卡，冷氣開太強，現實主義

子どもが習い事や学校に行く時の送迎にやけに熱心。

ぶつかると「ソーリー」と良い発音で謝る。

スーパーで小額でもカードを使う。クーラー効き過ぎ。合理主義。

在台灣生活的前景是……?

台湾生活は一瞬先は……？

奇怪ね《ㄋㄟˊ》 18

和台灣人的約定

台湾人と約束

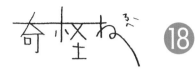

在台灣生活的前景是黑暗的。
因為我的行程全被台灣人弄亂了。
台灣人的邀約，大部分都很「突然」。
別看我這個樣子，勤勞學生的我可是很忙的。
看起來好像無所事事，或是在房間裡滾來滾去，
這些都是正事開始前的「待機狀態」。
是很重要的時間。
如果答應了突然的邀約，之後的預定會被弄亂，
所以如果有人突然約我，會很猶豫該怎麼回覆。

和台灣人的約定

たいわんじんと やくそく

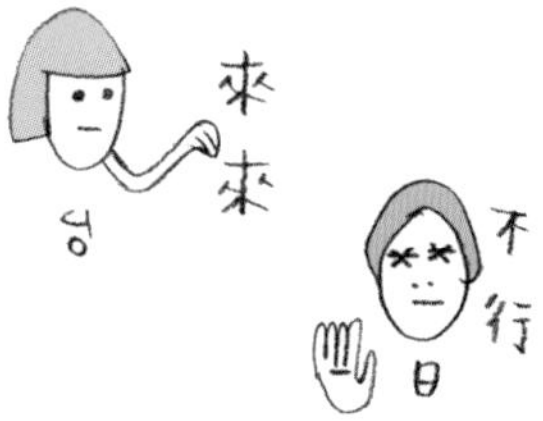

台湾生活は一瞬先が闇だ。
私の予定は、すべて台湾人に崩される。
台湾人のお誘いは、いつも大体「急」なのだ。
こう見えても、勤労学生の私は結構忙しい。
何もしてないように見えても、部屋でゴロゴロしていても、
それはやるべき事を開始する前の「やる気待機中」。
とても重要な時間。
急なお誘いに応じると、後が困るので返事に困る。

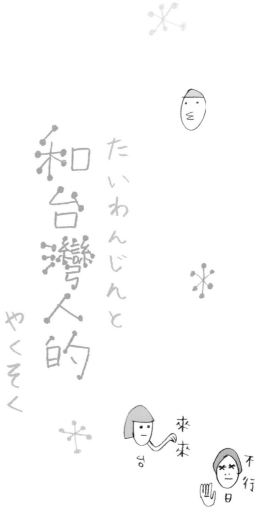

為什麼總是這麼突然呢？
這是因為「台灣人很健忘」。（註 1）

以前，我在台灣舉辦畫展的時候。
開展前，很多朋友答應會來看展覽，但台灣人卻完全沒有出現。
來的都是日本人和其他外國朋友。
過了幾天，畫展已經快要結束，再等下去似乎不會有人來，
於是鼓起勇氣，再一次和大家連絡，結果，後來湧入了一大堆台灣人。
台灣人沒有惡意，只是沒有記憶力。
這是我第一次親身體驗，為什麼台灣人無法做三天後的約定。

なぜ、いつもこう急なんだ？
それは「台湾人は、忘れっぽい。」（注１）からだ。

以前、台湾で絵画展を開いた時のこと。
開催前、沢山の知り合いが展覧会を見に来てくれると約束したのに、台湾人が誰も来ない。
来るのは、日本人や外国人の友達ばかり。
一人として、やって来る気配がないので、勇気を出してもう一度皆に連絡を取ると、その日のうちにドッとやって来た。
台湾人たちには悪気は無かったが、記憶力が悪かった。
この時、台湾人は 三日先の約束は出来ないのだとはっきり体感した。

其實我可以很斷然地拒絕的，
「日本人很不擅長突然和強迫的邀約。」（註 2）

在日本社會，一定要事先約定。因為如果發生無法預料的事，或準備不足，讓人訝異的事都很討厭。或許各位有點不相信，我們可能連一個月之後的約定都記得。但是台灣人卻要這麼有規律的日本人，推掉已經答應的約會，接受自己的邀約。到底在說什麼啊？這種強迫人的要求真是令人生氣。但話說回來，日本的人際關係雖然沒有壓力卻很冷淡，所以如果有人「強迫式」的熱情邀約我，感覺也不壞。
一旦答應了臨時的邀約，才發現台灣人的情況也跟我一樣。
突然被叫出去的「被害者」，有些人還穿著上班的正式服裝，有些人則穿著居家服（我也是），相差十萬八千里的團體（ 註 3 ）就這麼湊在一起。沒有人在意對方穿什麼衣服，輕鬆又隨性。

保養中
お手入れ中
我們一起吃飯喔～（台灣人）
ごはんをいっしょにたべるのよ～。

しかしながら、私も迷わず断ればいいのだが
「日本人は、突然と強引に弱い。」（注 2）のだ。

日本社会でアポは必須。予測がつかない事や、準備不足が嫌いで、ビックリするのが嫌なのだ。信じられないだろうけど、私たちは一ヶ月先の約束も覚えていたりする。しかし台湾人は、そんな律儀な日本人に先の約束を断らせ、自分の誘いに応じろと言って来る。「何を言ってんの？ 」と強引さにムカつくが、日本の人間関係が楽だけど素っ気ないから、必要とされると満更でもない気になる。
そんなんで誘いに乗ってしまうのだが、台湾サイドも 事情は皆一緒。急に呼び出された被害者は、仕事帰りのキチッとした格好の人や、寝間着のような格好の人（私もそう）など、ちぐはぐなグループ（注 3）で集っており、誰も人の身なりなんか気にしていない。だからとても楽チンだ。

雖然是這樣「前景黑暗的台灣生活」，卻多虧了這樣的生活，我把能做的事都盡快先做好，治好了我愛拖拉的壞習慣。謝謝台灣人。
但是，我漸漸不在意自己出門時的怪樣子，或是約好的事，卻突然放人鴿子。哇 ~ 都是台灣人害的。

こんな、「一瞬先は闇の台湾生活」のおかげで私は、やるべき事を出来る限り先にやり、ぐうたらを大分治すことができた。ありがとう台湾人。
かわりに、ひどい姿で出かけるのがヘッチャラになって、先の約束はすっぽかすようになってしまった。わ〜ん、台湾人のせいだ。

（註 1）因為是壓根全忘了，當然也沒有放人鴿子的事後補償，就像沒發生過任何事。
（註 2）日本人太小心眼了，如果遇到這種情況，發脾氣的人還不少。要注意凡事不要太過。
（註 3）在自己尚未成為當事人以前，看到這種聚餐風景，還認為這是「有錢人請窮人吃飯的溫馨場面」。

（注 1）完全に忘れるので、もちろんすっぽかした後のフォローも、何も無い。
（注 2）日本人は気が小さいので、この状況に置かれるとキレる人も少なくない。やり過ぎに要注意。
（注 3）このような食事風景を見ると 、自分が当事者になるまで、「金持ちが、貧乏人にご飯を恵んでいる美しい風景」と思っていた。

台灣人的價值觀標準究竟在哪裡？

台湾人の価値観がどこにあるのか？

台湾人の金銭感覚

台灣人的金錢觀

台灣人的金錢觀

台灣人對錢的觀念讓我很困惑。
都怪台灣的有錢人。
總是穿著短褲、汗衫、涼鞋，小腹很凸。
怎麼看都不像過著「有文化」的生活。

台湾人の金銭感覚が私を惑わせる。
悪いのは、台湾の金持ちだ。
短パン、ランニング、ビーサンで、腹ボンボン。
どう見ても、文化的な生活を送っているように見えない。

台灣有錢人的基本型（全身圖）
台湾の金持ち基本サンプル（全体図）

但是，
這樣的人卻開著巨大的賓士車，或是某公司的老闆，
家人都移居海外，不是普通的有錢人。
令人搞不懂。
日本的有錢人，通常在臉上就寫著「我是有錢人」，
很容易辨認。

不過，一旦變成朋友，即使沒有特別詢問，
對方也會自己報出財力。
外表看不出來，但是會用口頭說明，似乎是台灣的做法。
包括薪水、不動產、身上行頭的價錢等，統統會讓你知道，
初次見面就可以知道許多情報。會暴露自己的財力，但
對銀行的存款卻絕口不提，真是不可思議。
有點遺憾。

啊，這種事，無所謂啦。

困擾我的不只是有錢人。
在台灣，不論哪個階級都大方海派。
因為時常被請，我以為對方是有錢人沒想到卻只是平民，
真令人感動。
在日本，這種事是不可能發生的。

台灣人的虛榮心表現在哪裡呢？
比較身上穿載的行頭，開台賓士車到處跑比較炫？

台灣人的價值觀標準究竟在哪裡？
難道是滿足對方的胃嗎？

ㄟ～我到現在還是搞不清楚。

しかし、
でかいベンツで登場したりする。
会社の社長だったりする。
家族を海外に移住させてたりして、かなり
金持ちだったりする。
紛らわしい。
日本の金持ちは、「金持ちです」って顔に
書いてあるから便利だ。

だけど、知り合いになると
聞いてないのに、懐具合を自己申告してく
れる。
外見でわからない分、口頭でフォローする
のがこっちのやり方らしい。
給料、不動産、持ち物の値段など。初対面
でいろいろ知ることが出来るがここまで自
動的に暴露しても貯金額について語らない
から不思議。
ちょっと残念。

まぁ、そんなことは、どうでもいい。

私を惑わすのは、金持ちだけじゃない。
どの階級も皆太っ腹。
よく奢ってくれるから金持ちかと思うと平
民で、私を感動させる。
我が国ではまずあり得ない。

台湾人の見栄はどこにあるのか？
小奇麗に身なりを整えるより、ベンツと不
動産を転がすことなの？

台湾人の価値観がどこにあるのか？
相手の胃袋を満たすことなの？

んん～、未だによくわからない。

開賓士的樣子
ベンツ図

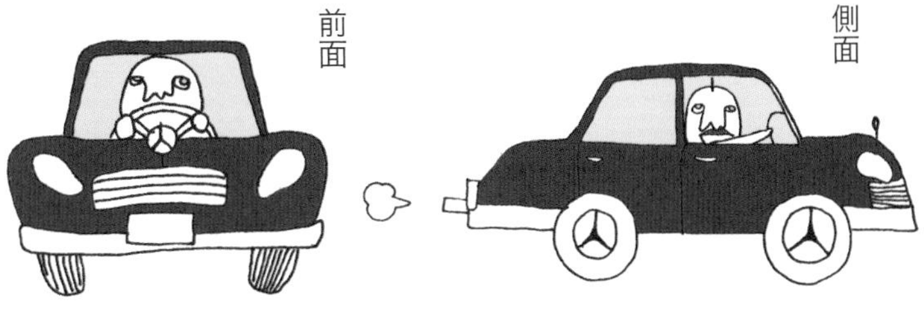

日本人是一種謙虛又易膽怯的小動物。

謙虚な、怯えやすい小動物だ。

20

羨ましい恐い物なしの台湾人

令我羨慕的不怕死的台灣人

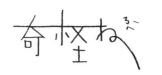

台灣人
你們知道嗎？
緊張是什麼？

台湾人
ご存知ですか？
緊張とは何か？

腦中一片空白
あたままっしろ

揮汗如雨
汗だらだら

心臟砰砰跳
心臓どきどき

手不停顫抖
手がぶるぶる

滿臉通紅
顔まっかか

喉嚨乾渴
喉カラカラ

以上的狀態就是
所謂的緊張。

以上の状態を
緊張と言う。

台灣人不緊張。

我想台灣人應該沒有害羞怯場的人。

因為，即使是初次見面的人，也能侃侃而談；對不認識的人，也能像平常一樣說話。基本上，華人的口才都很好，在人前發言也完全不會緊張。突然站到台上，或突然使用麥克風，或在攝影機前說什麼，都很落落大方。突然發生什麼事，也泰然自如。此外，說起話來，就像已經練習了一百次一樣的流暢，即使自稱是個害羞的人，在人前說話也看不出緊張的神色。即使本人說自己很緊張，也是騙人的。令人不敢相信。

真讓人羨慕。為什麼可以這樣？

日本人是一種謙虛又易膽怯的小動物。我們的心就像是玻璃的心。

相對於日本人，台灣人完全不怕失敗。

喜歡玩股票炒地皮，

捨棄故鄉、移民的人很多，

開車和騎車也很亂來，一點都不怕死。

對，好像連死也不怕。

台灣人，沒有什麼害怕的東西。

他們一生可能都不知道，什麼是緊張到喉嚨發乾、心臟砰砰跳個不停、腦海裡一片空白、雙手顫抖、滿臉通紅，毫不畏懼就這麼結束了一生吧！

真是令人羨慕！

台湾人は緊張しない。

台湾には、引っ込み思案もいないと思う。

だって、初対面でもベラベラ話すし、見知らぬ人にもジャンジャン声をかける。基本的に中華系はおしゃべりというのもあるけど、人前で話すのも全然ビビらない。ステージに上がったり、マイク使ったり、カメラの前で一言とか、堂々としている。突然の事でも、何も動じない。その上、まるで百回くらい練習してたかのように流暢に話し、自称消極的な人でも人前で話すことに緊張の色を見せない。例え本人が緊張したと言っても、それは嘘だ。信じられない。

かなり羨ましい。どうしてこうだろう？

日本人の心はガラスのハートだ。謙虚な、怯えやすい小動物だ。

その点、台湾人は失敗なんか怖くない。株や、土地転がしが大好きだし、故郷を捨ててどんどん移民するし、車やバイクの運転も荒く、死を恐れない。

そう、死ぬことすら恐くないようだ。

台湾人には、恐い物は何もない。

きっと、緊張で喉がカラカラになるとか、心臓がドキドキするとか、頭の中が真っ白になるとか、手が震えるとか、顔が赤くなるとか知らないまま、恐くもない死に向かって一生を終えるのだろう。

なんて羨ましい！

不知道台灣人聽了會有奇怪的妄想。

変な妄想を抱かれてるとも知らず。

AVが悪い

都是AV惹的禍

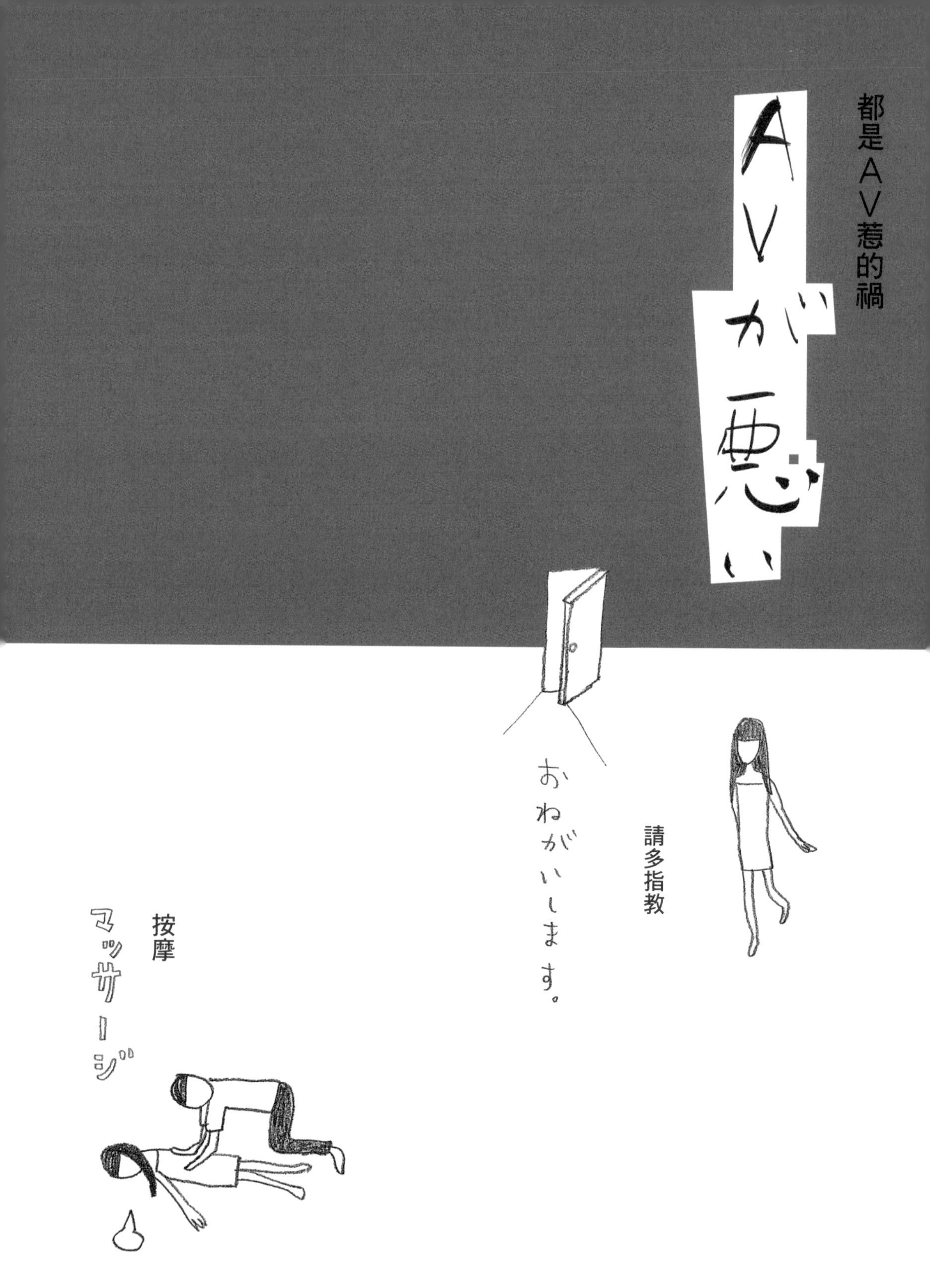
都是AV惹的禍
AVが悪い
おねがいします。
請多指教
マッサージ
按摩

許多台灣人
只要聽到我説「kimochi ii ～」就會十分爽。
我一説「yametee ～」也一樣十分爽。

還會説，麻煩再説一次。

各位台灣的朋友，
我要在此澄清，這可是一般用語。
你們看太多 A 片了，比日本人還要了解日本的 AV 情況。
女士好像也看了不少。
託 AV 之福，日本的女性被認為都很大膽。

笨蛋。

台湾人は
「気持ちいぃ〜」と言うとやけに喜ぶ。
「やめてぇ〜」と言ってもやけに喜ぶ。

もう一回言え、という。

台湾の皆さん。
言っときますけど、コレ、一般ユーズです。
どなたさんも AV の見過ぎです。
日本人より、日本の AV 事情に詳しいようで。
女性の方もかなりご覧になっているようで。
おかげで日本の女は、大胆だと想われているようで。

アホたれ。

アホたれ。

不要再進口日本的Ａ片了，台灣人自己拍吧！
都怪台灣電視的色情頻道，太粗製濫造了。
眼看就要「露兩點」，
或是進入「親親」的鏡頭，就突然結束了。
這反而對心理健康不好。
適得其反。
會變成欲求不滿喔。

如果真是如此，傾全力拍點好看的 AV 吧！
這麼一來，就不會有那麼多台灣人一聽到從 AV 學來的特定日本用語就覺得很爽。
都怪 AV 不好，害我們被嘲笑。

日本から AV 輸入してないで、自分とこでさっさと作れ！
台湾のテレビのエロチャンネルが、ヌルいから悪いんだ。
後ちょっとで「おっぱいポロン」とか、
もう少しで「チュッチュッ」ってところで、急に終わっちゃったりする。
これは、かえって精神衛生上よろしくない。
逆効果でしょう。
欲求不満になりますよ。

どうせなら、もう少し思いっきりのいいのを作ればいいのに。
そうすれば、こんなにも多くの台湾人が
AV から学んだある特定の日本語で喜んだりしないでしょう。
AV のせいで、私らが笑われる。

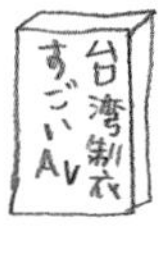

台灣製超級Ａ片

快點拍！

日本的女生到台灣旅行時，80% 一定會去按摩。
在按摩店裡，100%會説「kimochi ii～」或是很痛時會説「yamete～」，
而不知道台灣人聽了會有奇怪的妄想。

我們應該怎麼辦才好呢？
想想辦法吧，台灣人。

噗噗！

日本のギャルは台湾旅行で、８０%マッサージに行くんです。
マッサージ店で、「気持ちいー」とか、
痛くて「やめてー」とか、１００%言うんです。
台湾人に変な妄想を抱かれてるとも知らず。

どうすりゃいいの、私たち。
どうにかしてよ、台湾人。

ブゥブゥー！

イヤァ～ン

アッハァ～ン

ウッフゥ～ン

眞正的色情用語

Iyaaaa～n♡
Ufuuu～n♡
Ahha～n♡
聽到以上三句的話可以暗爽。
注意：以上男性不得使用，為女性用語，請見諒。

正しいエロ用語。
イヤァァ～ン♡
ウッフゥ～ン♡
アッハァ～ン♡
以上の三つを聞いたら、喜んでよし。
注意：男は使いません。あしからず。

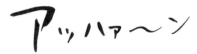

Viva ！差不多的台灣！

ビバ・テキトー台湾！

ダァトンディエンゴォ
大同電鍋

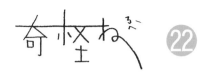

すばらしいナベ大同電鍋でつくるテキトーな人間のつくり方。

很讚的大同電鍋製造出差不多人種的方法。

一、差不多量一量

①テキトーに米をはかる。

二、差不多洗一洗

②テキトーに米を洗う。

三、差不多煮一煮

③テキトーに炊く。

四、差不多吃一吃

④テキトーに食べる。

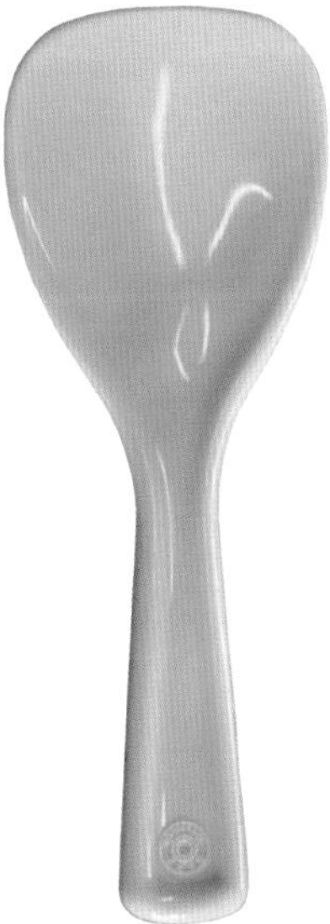

↑

新發現！
大同電鍋的内鍋底部有大同的標誌！

発見！
大同マークの由来は
ウチナベの底にあった?!

テキトーな人間だから、テキトーなモンを食べて
是因為差不多的人，總是吃差不多的食物，
増々テキトーになるのか？
才變得越來越差不多呢？

それとも、テキトーな物を食べるから、
還是因為吃了差不多的食物，
テキトーな人間になるのか？　かかかかか？？？
才變得差不多呢？、呢呢呢呢呢？、？、？、？、？、

出来上がりには大差なかった。
煮完之後果然沒有什麼差別。
それからは、テキトーに使うことを覚えた。
因此我也學會了差不多的使用法。

めんどくさい大豆が、柔らかく煮えた。
很難煮的大豆，也可以煮得很軟。
学校に行く前に仕込んだポトフが、お昼には食べられた。
去學校之前把要燉的蔬菜湯準備好，中午回家就可以吃了。

焦げる心配がない。
完全不用擔心會燒焦。
ふたを開けなければ、圧がかかって火の通りが早い。
只要不打開鍋蓋，壓力會讓熱傳導得很快。

ほっといて良い。
完全不用管他
スイッチ・ポンでハンドフリー。
只要按下開關，完全不費工夫。

ビバ・テキトー！台湾！大同電鍋！
Viva! 差不多的台灣！差不多的大同電鍋萬歲！

友達の家で初めて使ったとき、わくわくした。
第一次在朋友家使用時，很興奮。引頸期盼。
待望の炊き上がりは、米の量が多すぎて電鍋の蓋が押し上げていた。
沒想到米放太多，連電鍋蓋都被掀了起來。
ぐー。
苦～

そんな甘酸っぱい思い出を胸に、大同電鍋から遠ざかるコト1年。
因為第一次的失敗經驗，大同電鍋被我遺忘了一年。
ひょんな事から、我が家に大同電鍋がやって来て、
偶然的機會下，有一天大同電鍋來到我家。
そこから私と大同電鍋の生活が始まった。
我和大同電鍋的生活就開始了。

まずは炊飯。
首先是煮飯。
日本人は、米をウマく炊く事に命がけで、
日本人對於煮好吃的飯這件事是拚了命的，
水の量とか時間とかすごく気を使う。
對於水的量和煮的時間十分的講究。
大同電鍋は米の量に関わらず、外鍋に差す水の量は一緒。
大同電鍋不論煮多少米，外鍋的水是固定的。
わたし的には外鍋に差した水が、水滴になってウチ鍋の米の部分に入り
我認為外鍋的水蒸氣變成水滴後會滴入內鍋裡，
米の炊きあがりに影響するんではないかと、
這應該會影響煮熟的米飯吧！
細かいところが非常に気になったのだけど
對於這些小細節，我非常地在意，
台湾人に水の量を質問したところで、
問了好幾個台灣人，水要放多少，
口を揃えて「テキトー」と答えるだけ。
大家只異口同聲地回答：「差不多就好。」

經過了這漫長的旅程，最後來到我面前的料理，已經所剩無幾。

長い旅の果て、最終的に私の目の前に来た目的の皿は、食い残し状態だったりする。

奇怪ね 23

食事は戦争

Food Fight

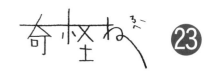

*註 ← 夏草や　兵どもが夢の後

＊註：日本知名俳句作家松尾芭蕉（1644～1694）的名句。夏草や兵どもが夢の跡（夏草呀，古戰士們的夢之跡），意思是指這片生長繁茂夏草的山丘，曾是當年戰士們壯志的見證，夢想功名的遺跡。這裡用來形容餐後一片杯盤狼藉的景象。

食事は戦争

Food Fight

和台灣人一起吃飯，

如果餐桌是中間有著轉盤轉來轉去的圓桌，
對我真是一大考驗。

圓盤的設計本來是方便大家把想吃的料理轉到自己面前，
但事實是，即使很想吃某一道料理，要順利將菜轉到面前也不容易。
如果有人幫忙轉的話，就會鬆一口氣。
自己想吃的料理正慢慢接近。
「耶～」
心裡正高興時，怎麼已經轉過頭了，
沒辦法，只好吃停在眼前不怎麼樣的料理，等待下一次機會。
等著等著，眼看想吃的料理就快被吃完了，
鼓起勇氣伸手轉圓盤，卻看到一堆敵人也虎視眈眈地想伸出權利之手。
若無其事將二隻手指放在桌邊的全都是敵人。
等正在夾菜的人一夾完，我趕緊把準備好的二隻手指迅速伸到桌邊
獲得了旋轉圓盤的權利。

くるくる回る中華テーブルが苦手。

食べたい料理があっても、なかなか自分で回せない。
誰かが回してくれると、ホッとする。
自分が食べたい料理が近づいてくる。
「わぁ～い！」
と思っていると通り過ぎてしまう。
仕方ないので、目の前に有るどうでもいい料理を食べて
次のチャンスを待つ。
待っていると、食べたい料理が無くなりそうになる。
勇気を振り絞って回すことにするが、
回し手の権利を虎視眈々と狙っている敵がウジャウジャいる。
片手をチョキにして、テーブルの端で何気なく構えているのが全部敵だ。
今、料理を取っている人が取り終えたら
私も準備した二本指を素早くテーブルに付けて
回し手の権利を獲得する。

順利取得權利後，壓抑急切的心情，慎重地轉動圓盤。

「那傢伙，一直等著，真是卑劣。」
希望別人不會這麼認為。
但是，轉得太慢的話，
開始出現不顧圓盤還在旋轉，就不客氣地夾起菜來的傢伙。
「這麼飢餓嗎？」
為了不想被誤認，只好擠出微笑暫停旋轉。
但是，為了強調自己還沒轉完，
二隻手指只好一直放在桌子邊。
於是，一些傢伙不把我的努力當成一回事，一一伸出手開始夾菜。
我因為一隻手放在桌子邊，連菜也無法吃。
經過了這漫長的旅程，最後來到我面前的料理，已經所剩無幾。
挖哩勒。

真是很累人。所以我討厭中華旋轉圓桌。

無事権利を獲得し、はやる気持ちを抑えつつ、慎重にテーブルを回す。
「あいつ、ずっと狙ってたんだ、卑しい奴めっ」
と思われないように。
しかし、回すのが遅いと、回転中にも関わらず、料理に手を伸ばしてくる輩が現れる。
「飢えてるな。」
と思われると困るので、にっこり微笑んで回転を中止する。
でも、現在の回し手の権利が自分にあることを主張するため、
二本指はテーブルに添えて置かねばならぬ。
すると、私の必死をあざけり笑うかのように、増長した連中が次々料理に手を伸ばし始める。
私は、片手をテーブルにつけた状態で食べることも出来ない。
長い旅の果て、最終的に私の目の前に来た目的の皿は、食い残し状態だったりする。
とほほ。

気疲れしちゃう。だから中華テーブルは苦手。

即使不是旋轉的圓桌。
已經不要的菜，台灣人也會夾一堆給我
日本人覺得不好意思，於是努力地吃。
「好像很餓。」
於是產生這樣的錯覺，
又夾了一堆到我的盤子裡
因為吃太多， 肚子開始不舒服。
這種圓桌，結果一樣很辛苦。

回らないテーブルでも、
台湾人は、要らないのに採ってくれる。
だから、日本人は、悪いと思って頑張って食べると、
「腹が減ってる」
と思われるらしく、
どんどん皿に入れられる。
故に、食べ過ぎになり具合が悪くなる。
このタイプのテーブルも結局苦労が絶えない。

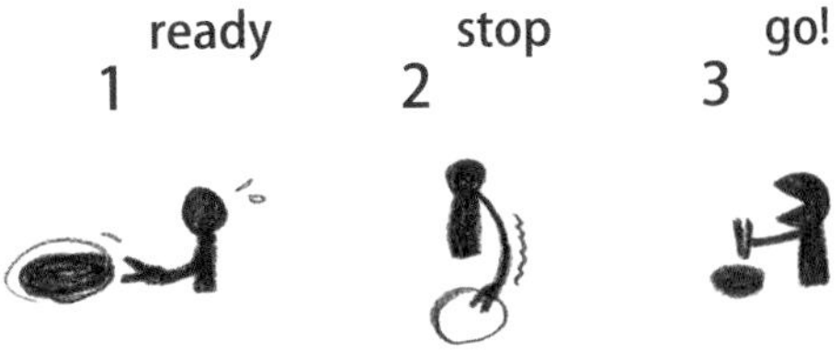

出席了台灣朋友的婚禮。發生了許多事，是個愉快的經驗。

台湾の結婚式に出席した。いろいろあって、楽しい経験でした。

結婚儀式

台湾の結婚式

結婚儀式

たいわんのけっこんしき

囍

出席了台灣的結婚喜宴。
發生了許多事，是個愉快的經驗。

台湾の結婚式に出席した。
いろいろあって、楽しい経験でした。

首先是早上的迎娶。

新娘先遞茶給雙方的家人，然後，再發甜湯圓。

我心想：「吃了甜點後會想喝茶吧？」

然後，新郎新娘面向新娘的父母，嘴裡唸唸有詞，儀式正式開始。

新娘和母親，才二秒的時間，突然哭了起來，

「啊！這正是感動的一幕」，二人才哭了 15 秒就停了，

最感動的場面就在一頭霧水中結束了，連按下快門的機會都沒抓住。

實在是不可思議。

二個人在哭之前完全看不出感情的醞釀，表面上都很正常。

まず、朝の儀式。

お嫁さんが両方の家族にお茶を配り、その後で甘いお団子を配った。

私は、「甘い物食べた後にお茶を飲みたいよな」と思った。

次に、新郎新婦が、新婦の両親に向かって何かコソコソ言う儀式があった。

お嫁さんとお母さんは、あっという間に二秒で泣き始め、

「あっ！ここは感動のシーンなんだ」と思ったら、二人とも 15 秒で泣き止むもんだから、

訳のわからないうちに終わって、一番いい場面は、シャッターチャンスを逃してまった。

それにしても不思議だった。

二人は、泣く前の感情の盛り上がりが、表面上全く見えなかった。

之後，在教會舉行結婚儀式。

雖然是教會婚禮，感覺卻是台灣味十足，最令人訝異的是，竟然沒有接吻。

漫長的儀式，竟然看不到接吻鏡頭，參加的意義當場少了 80%↘。

最後是喜宴現場。

收禮金的人，當場豪氣地撕開紅包袋。ㄟㄟㄟ——日本人通常不會當面在送禮的人面前打開禮物。我嚇了一大跳。接著，收禮的人竟然開始確認金額，並且開起收據。好像是有人要報公司帳的緣故。但是，禮金金額完全暴露在前後的人面前，有點難堪。嗚嗚嗚……

進場後，尚未從入場的「禮金公開事件」中回復的我，馬上又被新郎新娘的甜蜜親熱婚紗照給嚇個正著。請專業攝影師拍攝的照片，被放大投影在會場中。仔細一看，新人擺的姿勢也很專業。太厲害了！雖是一般人，看起來卻像是藝人。這位新娘長得很可愛，拍這照片還可接受，但我開始擔心，長得不怎麼樣的人也會這麼拍嗎？

日本人不拍這樣的照片，即使會拍也是留著自己看，不可能會把它拿到公共場合放大投影給大家看。如果這麼做，會成為永遠的八卦話題。

ㄟ～，連在教會都不在大家面前接吻，但對這種照片卻落落大方。

但以台灣人的角度來看，或許會覺得，日本人羞於把甜蜜親熱的照片拿出來，卻能大方在眾人面前接吻，也很奇怪。

嗯嗯，這就是異文化，我的台灣婚禮體驗。

囍

それから、そのあと教会で挙式だった。

教会自体もどことなく中華っぽかったが、何よりも驚いたのがチューをしなかった。

あんなに長い式を待ったのに、チューが見れないなんて、これじゃ参加の意味が 80%OFF だ。

そして披露宴会場へ。

受付の人が、その場で祝儀袋をガバーッと開けた。ヒィ〜ッ。

日本人は、頂き物を送り主の前で開けたりはしない。驚いた。

さらに祝儀金額確認後領収書をくれる。んー、会社の経費で落としたりする人の為なんだろうか？でも、前後の人に祝儀の額がバレるから、ちょっとバツが悪いな。うぐぐ。

　式場に入ると、受付の「祝儀ガバッと事件」から立ち直っていない私に、新郎新婦のラブラブフォト攻撃が待っていた。プロに任せて撮影された二人の姿が会場にデカデカと投影されている。ポーズもばっちりだ。すごい！一般人なのに芸能人みたいだ。このお嫁さんは、かなり可愛いからいいけど、あまり外見がよろしくない方もこれをやるのか？と心配になった。

　日本人ならこのような写真はまず撮らないし、もし撮っても封印して、公共の場で大きく投影して見せることなど、まずあり得ない。

やったら、未来永劫噂されちゃう。

へぇ〜、教会でのチューは人に見せないけど、こうゆう写真はアリなんだ。

でも逆に台湾人からは、日本人はラブラブ写真は恥ずかしくって、チューはオッケーなのかと思われるかぁ。

う〜ん。これぞ異文化、台湾の結婚式体験。

即使很認真的每天去上課，中文程度還是遠遠落後。

真面目に毎日学校に行っても落ちこぼれていく。

奇怪ね《ㄋㄟˋ》 25

台湾人になった日

成為台灣人的一天

ㄓㄔㄕㄖ

ˊ2 ˇ3 ˋ4 ˙

成為台灣人的一天

台湾人になった日

100

100

要學好中文實在很難。
學校裡雖然有很多日本人，但大多是華僑或父母一方是台灣人，
幾乎都是有父母的金錢援助，不用煩惱生活的人，
對於這些傢伙，我只有「嫉妒」二字可形容。

平常我會接使用日文的工作，
除了上課之外，其他的時間都泡在日文裡。
因此，即使很認真的每天去上課，中文程度還是遠遠落後。
「氣！終有一天給你們好看！」
有時會死命用功，但是，可能因為我的學習方法比較怪，
所以沒有什麼成果。
真的很頭大。

中国語をマスターするのは、とても大変。
学校には、たくさん日本人がいるけれども
華僑だったり、片親が台湾人だったり、
もしくは親の援助が有り生活に困らない人だったりするから
私は、その手の輩にネタミの塊となる。

日頃、日本語を使う仕事をもらっていて
授業以外はどっぷり日本語に浸かる生活をしている。
だから、真面目に毎日学校に行っても落ちこぼれていく。
時には、「キーッ。今に見てろよ!」っとがむしゃらに勉強してみたりもするが、
勉強の仕方がおかしいらしく、成果が上がらない。
困ったもんだ。

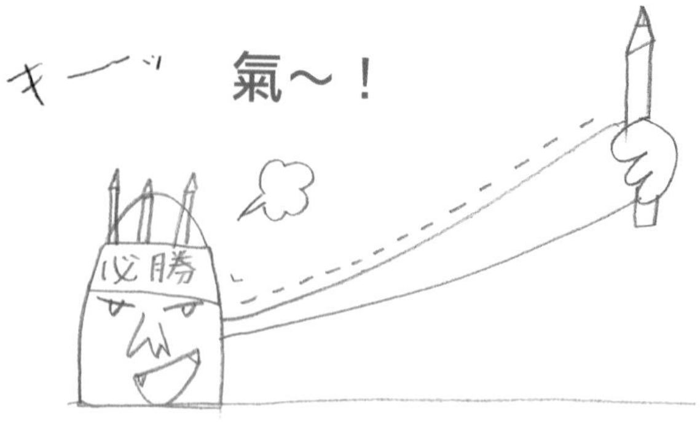

例如，有時會突然很在意捲舌的發音，
連不需要捲舌的音也不自覺地捲起舌來，真的很遜。
有時又會突然很在意有氣音、無氣音，口水四處亂飛。
在意文法時，又不斷重覆相同的句型，真的很蠢。
想加強聽力時，不自覺變得啞口無言，只一昧用力的聽。
怎麼都沒有好事？
然後，有一天，我突然很想考一百分。
不論如何都想拿一百分。
只差一點點，但怎麼就是無法考到一百分。
嗯，想進步、想進步，想要一百分！

因此，我想了各種方式。
先變成台灣人吧！
先替自己取個三個字的台灣名字，變成台灣人。
在考卷上填上這個名字。

青柚香

例えば、捲舌の発音に注意するブームが起こると、
要らないモンまで舌を捲いちゃって、気持ち悪い。
無気音・有気音ブームが起こると、つばが飛ぶ。
文法ブームは、同じ文系ばっか使って阿呆みたいだし
聞き取りブームは、聞くばっかで話さなくなる。
なんか、あんま良い事無いや。
そして有る時、私の中に100点ブームがやって来た。
どうしても100点が欲しい。
後少しなのになかなか取れない。
うーん。
成果が欲しい。成果が欲しい。100点が欲しい。

そこで色々考えた。
台湾人になろう。
台湾人らしく三文字の名前を自分につけて
台湾人になる。
テスト用紙にその名を書いた。

そしたらすぐに100点とれた

於是立刻考了一百分。

青木由香

…用大量引進外資 可能會動搖國家的
…濟基礎。

…些金融機構的呆帳太嚴重了
…府必須淘汰他們 才能重新建立秩序。

…資金大筆撤出 外匯流失 對新政府
…說是很大的考驗。

…於政商結合 造成金融體系市場
…得人民的心理非常恐慌。

…育界最關心的問題 就是幫助
…生成長。以及有效提高學習能力。

…幣 ⑦密切 ⑧應變 ⑨轉機 ⑩角色

97 7/16

青木由香

…看起來那麼老實 難怪警員都查不出來
…西是他偷的。

…酬太高的工作 其實多半是非法的勾當
…真的人很容易被騙。

…些商人為了吸引大眾 免費送色情
…錄影帶 根本就沒有到得心。

…知道那是違法的事 還答應去做
…然應該受到法律的制裁。

…徒利用人性的弱點 想出了很多
…陷阱 害那些單純的人上當。

…象 ⑦隔壁 ⑧為非作歹 ⑨不擇手段
…天下沒有白吃的午餐。

96 7/23

青木由香

…龍的形象象徵強大的力量
…國也以龍的傳人為傲。

…無論如何努力王小姐的設計
…都無法符合老闆對她期望。

…明清兩代 中國跟外國的接觸頻繁
…國文化也因此越發豐富了。

…代不僅在文學上有新的風貌
…時在科技方面也令人大開眼界。

…始皇統一天下以後 各項法令跟
…度才趨向一致 奠定了中國發展的基礎。

…本 7.疆域 8.人才輩出
…從何說起 10.望子成龍,望女成鳳

96 9/27

青木由香

1. 我很後悔 錯過了那場高水準的歌劇。
聽說觀眾的反應很熱烈。

2. 由於傳播媒體對抽象畫的藝術評價很高,
因此我想嘗試看看。

3. 古典芭蕾舞團表現得很精彩。
大家都起立鼓掌。

4. 根據學校的規定,學生得穿正式的
服裝。

5. 平劇中的各種臉譜,代表不同的人物
性格 演員的唱念、動作、特別講究優美

青木由香

1. 我以為自己被打敗了 原來是他們兩個人
串通好來害我。

2. 他們兩個人都很表現 彼此爭得非常激
烈好像作戰一樣。

3. 她的丈夫被手下放火害死 可是她
不知道 後來還跟那個人結婚了真慘。

4. 凡是跟三國有關的成語 都很有趣,
可惜我的腦筋差 一時記不住那麼多。

5. 每年這個季節都有颱風 減輕颱風
造成的災害是政府最迫切的問題。

6. 悠久 7. 開闢 8. 名義 9. 賠了夫人折兵了
10. 萬事俱備 只欠東風

99 太可惜了 9/30

青柚香

1. 當代小說不像古典小說 有指導人生的使命
而且寫作的手法不同。

2. 現代婦女個個獨立 發展事業的動機
非常強 多半不願意受家庭的束縛。

3. 由原作改編的電影 雖然更直接
展現故事的情節 不過無形中卻
商業化了。

4. 大家只要站在別人的角度看問題,
多了解別人的感受 就能拉近彼此
的距離。

5. 最近出版的那本小說,
反映現代人心靈空虛 渴望真愛的
現象 因此非常暢銷。

6. 任何 7. 仍然 8. 觀察 9. 佩服
10. 功力

很好!總算得到 100 分了 恭喜!

10/7

青木由香

1 隨口批評別人 別人不見得會接受,
這樣豈不白說。

2. 根據教育單位的通知資料
青少年輟學的比率一天比一天升高。

3. 總而言之 大家都要把握年輕的時代
不斷創新人生 才不會留白。

4 先苦後甘 這個觀念 簡直太落伍了
青春就是要抓住機會玩樂。

5 這兩天媒體最常討論的題目
就是 青少年到底為什麼放棄學業
追求流行。

6. 派不上用場 7. 事半功倍 8. 埋頭苦幹
9. 好逸惡勞 10. 一分耕耘 一分收穫

98 7/27

青木由香

1. 根據新聞報導,大都市裡的獨居老人越來越多
國家的負擔很重。

2. 這麼小的空間,要有客廳、飯廳 還要有廚房
臥房等等 究竟該怎麼設計呢?

3. 政府決定採取減稅的措施來鼓勵
大家投資,由此可見 經濟非常不景氣。

4. 住在一起的人要尊重還要遷就每個人
不同的作息時間,這樣才不會發生衝突。

5 首先我們得改善安養中心的居住環境,
其次要增加老人的進修活動。

6. 累贅 7 飲食 8 引以為傲 9. 天倫之樂
10. 三代同堂

97

青柚香

1. 紅樓夢歷經兩百多年 風靡了千千萬萬的讀者
至今仍然散發著難以抗拒的魅力。

2. 很多專家跟學者認為,紅樓夢中有關服飾,
節慶、民俗,園林等部分也值得研究。

3. 作者要塑造鮮活的角色 並且掌握他們
微妙的心理 才能在讀者心中留下深刻的
印象。

4. 榮華富貴轉眼成功 後代子孫要力求進步,
這個家才不會由興盛走向衰敗。

5. 言談舉止 代表人的個性與身分地位,除此之外,
還會影響日後的發展。

6. 穿插 7. 暗示 8. 寶庫
9. 白話 10. 做夢

100

11/3

奇怪ㄋㄟ－台灣：一個日本女生眼中的台灣（經典台灣版）

作　　者／青木由香
美術設計／青木由香
譯　　者／黃碧君

總編輯　／賈俊國
副總編輯／蘇士尹
資深主編／劉佳玲
行銷企畫／張莉滎

發行人　／何飛鵬
法律顧問／台英國際商務法律事務所　羅明通律師
出　　版／布克文化出版事業部
　　　　　台北市中山區民生東路二段141號8樓
　　　　　電話：(02)2500-7008　傳真：(02)2502-7676
　　　　　Email：sbooker.service@cite.com.tw
發　　行／英屬蓋曼群島商家庭傳媒股份有限公司城邦分公司
　　　　　台北市中山區民生東路二段141號2樓
　　　　　書虫客服服務專線：(02)2500-7718；2500-7719
　　　　　24小時傳真專線：(02)2500-1990；2500-1991
　　　　　劃撥帳號：19863813；戶名：書虫股份有限公司
　　　　　讀者服務信箱：service@readingclub.com.tw
香港發行所／城邦（香港）出版集團有限公司
　　　　　　香港灣仔駱克道193號東超商業中心1樓
　　　　　　電話：+86-2508-6231　　傳真：+86-2578-9337
　　　　　　Email：hkcite@biznetvigator.com
馬新發行所／城邦（馬新）出版集團 Cite (M) Sdn. Bhd.
　　　　　　41, Jalan Radin Anum, Bandar Baru Sri Petaling,
　　　　　　57000 Kuala Lumpur, Malaysia
　　　　　　電話：+603- 9057-8822　　傳真：+603- 9057-6622
　　　　　　Email：cite@cite.com.my
印　　刷／卡樂彩色印刷有限公司
初　　版／2012年（民101）6月
初版 4 刷／2017年（民106）6月
售　　價／250元

城邦讀書花園　布克文化
www.cite.com.tw　WWW.SBOOKER.COM.TW